Paolo Maurensig

Die Lüneburg-Variante

Roman

Aus dem Italienischen
von Irmela Arnsperger

DIANA VERLAG

Diana Taschenbuch Nr. 62/0050

Die Originalausgabe
»La variante di Lüneburg«
erschien 1993 bei
Adelphi edizioni s.p.a. Milano

Taschenbuchausgabe 10/99

Der Diana Taschenbuchverlag ist ein Unternehmen der
Wilhelm Heyne Verlag GmbH & Co. KG, München
Printed in Germany 1999

Umschlagillustration: Rainer Friedel, München
Umschlaggestaltung: Hauptmann und Kampa
Werbeagentur, CH-Zug
Satz: Schaber Satz- und Datentechnik, Wels
Druck und Bindung: Elsnerdruck, Berlin
Gedruckt auf chlor- und säurefreiem Papier.

ISBN: 3-453-15275-1

http://www.heyne.de

Die Erfindung des Schachspiels ist wahrscheinlich verbunden mit einer Bluttat.

Die Legende sagt, als das Schachspiel zum ersten Mal am Hofe des Sultans vorgestellt wurde, wollte dieser dem unbekannten Erfinder zur Belohnung einen Wunsch, gleichgültig welchen, erfüllen. Dieser erbat sich ein scheinbar bescheidenes Geschenk. Er wollte soviel Getreidekörner haben, wie sich aus einer einfachen Addition ergaben: ein Korn für das erste der vierundsechzig Felder, zwei Körner für das zweite, vier für das dritte und so weiter ...

Als aber der Sultan, der den Wunsch anfangs höchst zufrieden vernommen hatte, erkannte, daß für die Erfüllung eines solchen Begehrens der Getreidevorrat seines Reiches und vielleicht der ganzen Welt nicht ausgereicht hätte, hielt er es, um sich aus dieser Verlegenheit zu befreien, für angebracht, dem Erfinder den Kopf abzuschlagen.

Die Legende verschweigt die Tatsache, daß dieser Herrscher danach einen sehr viel höheren Preis zahlen mußte. Er verfiel dem neuen Spiel mit einer derartigen Leidenschaft, daß er den Verstand verlor. Die Maßlosigkeit des legendären Erfinders entspricht also nur der des Spiels.

Die Zeitungen bringen heute die Nachricht vom Tod eines Mannes an einem Ort in der Nähe von Wien.

Gestern, am Sonntag morgen, starb dort ein gewisser Dieter Frisch an einer Schußwaffenverletzung. Nach dem gerichtsärztlichen Gutachten trat der Tod um vier Uhr früh ein, als Todesursache wurde festgestellt: eine Pistolenkugel hatte, abgeschossen aus kürzester Entfernung, den Gaumen durchschlagen und war am Hinterkopf wieder ausgetreten.

Die Zeitung veröffentlicht auch ein neueres Foto, das ihn im Park seiner Villa in der Haltung eines Landedelmanns bei der Rückkehr von seinem täglichen Spaziergang zeigt. Er trägt einen hellen Leinenanzug und hat es sich auf einem Korbsessel bequem gemacht. Seine Hand ist ausgestreckt, als wolle er einen der beiden Hunde zu seinen Füßen streicheln. Im ersten Augenblick fällt es mir schwer, das Gesicht zu erkennen, da es von der Krempe eines – vermutlich ganz leichten – Panamahuts beschattet wird. Was prägt ein Gesicht? Ein Gleichgewicht aus Masse, Schwere und den Formen der Muskelstruktur oder etwas, das unter den Verwischungen der Zeit unverändert bleibt? Ich frage mich, ob sich hinter diesem Namen und diesen Gesichtszügen dieselbe Person verbirgt, die ich einst gekannt habe; erst nach einigen Augenblicken der aufmerksamen Betrachtung werden die Züge, die mir im Gedächtnis geblieben sind, wieder lebendig und legen sich wie ein transparenter Schleier über dieses vom Alter ermüdete und doch noch, möchte ich sagen, hartnäckig jugendliche Gesicht.

Die Zeitungsüberschriften streichen einhellig das Ableben dieser »hervorragenden Persönlichkeit« heraus, übergehen jedoch stillschweigend die Umstände, die dazu geführt haben. Auf Druck der Familienangehörigen, die sich alle gegen die Annahme eines Selbstmords stellen, sprechen sämtliche Titel von einem »Unfall«, einem »Unglück« oder von einem Tod unter »mysteriösen Umständen«. Da ein plausibler Grund fehlt, verliert der Augenschein sehr rasch an Bedeutung. Alle, die ihn kannten, scheinen tatsächlich zu schwören bereit, daß man bei ihm kein Motiv für eine solche Tat finden könne. Keiner hatte jemals an ihm Anzeichen einer Depression oder Müdigkeit bemerkt; anscheinend hatte sogar das erst kurz zuvor durchgeführte letzte Check-up einen nahezu tadellosen Gesundheitszustand ergeben; und auch seine Erscheinung war durchaus noch beneidenswert: Mit achtundsechzig Jahren war er zwar beim Gehen leicht behindert nach einem Sturz vom Pferd mit der folgenden Meniskusoperation, ging aber weiterhin seinen Lieblingssportarten, dem Tennis und dem Reiten, nach. Und schließlich entbehrt auch die Annahme finanzieller Schwierigkeiten jeder Grundlage, hatte er sich doch erst wenige Tage zuvor, als der Auftrag für den Neubau einiger Bundesbankgebäude an ihn gegangen war, ein Millionengeschäft gesichert.

Frisch gehörte also zu jenen Menschen, denen das Glück auf allen Gebieten hold war; auch im Privatleben. Er war mit einer reichen Erbin verheiratet, hatte vier Söhne, die alle bedeutsame Positionen in der Gesellschaft innehaben. Er führte ein geregeltes und ruhiges Leben: Vier Tage in der Woche hielt er sich in München auf, kümmerte sich um seinen Betrieb, am Freitag kehrte er nach Wien zurück und fuhr dann im Auto dorthin, wo er seine Freizeit am liebsten verbrachte: in eine Villa mitten in einem weiträumigen Park, der wiederum von einem etwa fünfzig Hektar großen Jagdrevier umgeben war. Das Anwesen war Ende des achtzehnten Jahrhunderts erbaut worden, es lag nicht weit entfernt von der Hauptstadt und war zu einer Touristenattraktion geworden. Im Sommer öffneten sich die Tore für die Besucher, die eine Lipizzanerzucht besuchen und sich im Park ergehen durften: ein mindestens hundert Jahre altes wahres Meisterwerk der Garten- und Wasserbaukunst. Die Hauptattraktion war ein geometrisches Labyrinth, das umrahmt von konzentrischen »Mauern« aus drei Meter hohen Thujabäumen angelegt war und zu einem Platz in Form eines Schachfeldes führte, dessen Boden aus weißen und schwarzen Marmorquadraten bestand. Auf beiden Seiten erhoben sich die Schachfiguren, die durch sorgfältiges Beschneiden aus dichten, mannshohen Büschen entstanden waren: die schwarzen Figuren aus Eibe, die weißen aus Buchsbaum.

Frisch war ein Gewohnheitsmensch, wie im übrigen fast alle in seinem Alter. Jeden Morgen – in den drei Tagen, die er in der Villa verbrachte – erhob er sich pünktlich um halb acht und schwamm genau fünf Minuten lang im kalten Wasser seines Schwimmbads im Hause; dann, nachdem er noch einige Gymnastikübungen gemacht hatte, war er bereit für den Ritus einer peniblen Toilette. Gegen acht Uhr kam er vollständig angekleidet in den großen Salon herunter, wo er ein frugales Frühstück einnahm: eine Tasse schwarzen Kaffee und einige mit etwas Marmelade bestrichene Vollkornzwiebacke, alles auf kostbarem Geschirr serviert. Dann zog er sich für den Rest des Vormittags in die Bibliothek, sein Arbeitszimmer, zurück und widmete sich dem Schach, seiner großen Leidenschaft. Er besaß alles, was über das Schachspiel geschrieben worden ist, und außerdem eine Sammlung kostbarer alter Schachspiele. Obwohl er seit einigen Jahren nicht mehr an Wettkämpfen teilnahm, besaß er noch den Meistertitel. Darüber hinaus gab er eine angesehene Schachzeitschrift heraus.

Nach Aussage der vernommenen Zeugen schien bis zu dieser Freitagnacht nichts an seinen Gewohnheiten gerüttelt zu haben. Wie gewöhnlich hatte der Chauffeur ihn am Wiener Bahnhof erwartet. Auf der Fahrt hatten sie nur wenige Worte gewechselt. Sie waren mitten in der Nacht in der Villa angekommen; um Viertel vor eins, genau gesagt (der Chauffeur hatte wie gewöhnlich auf die Fahrtdauer geachtet). Nachdem Frisch aus dem Auto gestiegen war, ging er wie immer zum Hundezwinger und erwiderte mit Streicheln den begeisterten Willkommensgruß seiner »Kleinen«; dann war er geradewegs ins Haus gegangen. Alles hatte sich genauso abgespielt wie jeden Freitag.

Aber schon am Samstag morgen hatte die alte Dienerin, die für ihn persönlich zuständig war, etwas Merkwürdiges im Verhalten ihres Herrn festgestellt. Allem Anschein nach hatte Frisch wohl wenig und schlecht geschlafen, die Frau war sogar bereit zu schwören, daß er, wenn er überhaupt zu Bett gegangen war, noch nicht einmal seine Kleider ausgezogen hatte. Da sie daran gewöhnt war, über die häuslichen Angelegenheiten zu wachen wie über einen geölten Mechanismus, und in ebendieser Routine ihre größte Befriedigung fand, hatte sie die plötzliche Änderung in den Gewohnheiten ihres Herrn alarmiert.

In ihrer untergeordneten Stellung hatte sie sich jedoch nicht die kleinste Bemerkung erlaubt. Und sie hatte darüber mit niemandem gesprochen; sie hatte sich noch nicht einmal den anderen Bediensteten anvertraut, ebensowenig hatte sie Frischs Frau unterrichtet, zumal die beiden Eheleute zwei verschiedene Flügel der Villa bewohnten, da beide ihr eigenes Leben führten und sich nur anläßlich offizieller Empfänge gemeinsam zeigten. Weiter berichtete die Frau, daß Doktor Frisch an jenem Morgen auch das Frühstück nicht angerührt habe und daß das Mittagessen, das ihm zur üblichen Zeit serviert wurde, unangetastet auf dem Tablett zurückgebracht worden sei.

Es scheint also sicher, daß er den ganzen Tag über bis zum späten Abend im Haus geblieben ist, ohne einen Besucher zu empfangen; und erst als die Dienerin ihm das Abendessen in seinem Arbeitszimmer servierte, zündete er das Licht an, das noch brannte, als unsere Zeugin gegen zwei Uhr morgens einschlief.

Am Sonntag, es war bereits nach acht Uhr, und Frisch war noch nicht erschienen, ging die Dienerin besorgt wegen der ungewöhnlichen Verspätung in das obere Stockwerk, aber da sie das Zimmer leer und das Bett unberührt vorfand, dachte sie zuerst, der Herr hätte die Nacht außer Hause verbracht, obwohl ein solches Verhalten nicht zu seinen Gewohnheiten gehörte. Der erste Verdacht tauchte auf, als sie entdeckte, daß in der Garage kein Auto fehlte. Sie klopfte dann mehrfach an die Tür seines Arbeitszimmers, rief mit lauter Stimme seinen Namen; doch da sie keine Antwort erhielt, beschloß sie, hineinzugehen, aber in der Bibliothek war niemand. Jetzt blieb ihr nichts anderes übrig, als die Herrin zu wecken – ein nicht ganz risikoloses Unterfangen, weil die Dame unter Schlaflosigkeit litt und sich zu dieser Stunde sicher ihres ersten Schlafs erfreute.

Kurze Zeit darauf war bereits die gesamte Dienerschaft auf den Beinen, um die achtundzwanzig Zimmer, die Keller und das Gästehaus zu durchsuchen; die Suche wurde auch auf die Umgebung der Villa ausgedehnt, doch sie blieb ergebnislos. Am Ende hatte einer die Idee, die Hunde einzusetzen, die beiden Lieblingswolfshunde des Herrn, die den ganzen Morgen ununterbrochen gebellt hatten. Der erste sauste, kaum aus dem Zwinger herausgelassen, direkt in den Irrgarten; den anderen hielten sie an der Leine, und er führte sie ohne Zögern zu der Stelle. Frischs Leiche wurde, rücklings in ihrem eigenen Blut liegend, in der Mitte des Labyrinths gefunden, und wenige Schritte davon entfernt entdeckte man seine alte Ordonnanzpistole. Niemand hatte den Schuß gehört, denn die Waffe hatte einen Schalldämpfer.

Vergeblich suchte man eine Nachricht; auf seinem Schreibtisch fand man nichts außer einem Schachbrett, auf dem ein Spiel in fortgeschrittenem Stadium und in einer komplizierten Stellung zu sehen war.

Es war jedoch ein merkwürdiges Schachbrett, denn es war aus hellen und dunklen Stoffstücken zusammengenäht worden; und statt der Figuren lagen darauf Knöpfe verschiedener Größe, die auf einer Seite notdürftig – wahrscheinlich mit einem Nagel eingeritzt – die Figuren zeigten.

Von den Tageszeitungen, die berichteten, was sich den Augen der ersten Zeugen darbot, hatte nur ein

Provinzblatt, wahrscheinlich aus Mangel an Informationen aus erster Hand, sich bei dieser Einzelheit aufgehalten, die offenbar unbedeutend war, und am Ende des Artikels stand: »Niemand wird jemals erklären können, warum Doktor Frisch in dieser Nacht aus seiner Sammlung kostbarer und berühmter Schachbretter einen derartig wertlosen Lumpen ausgewählt hat. Vielleicht um darauf seine letzte Partie zu spielen: die mit dem Tod.«

In diesen ein wenig melodramatischen Worten verbirgt sich die Wahrheit. Dennoch hat keiner der Ermittlungsbeamten ihnen das richtige Gewicht beigemessen. Offensichtlich sind auch die Fingerabdrücke auf den ungewöhnlichen Figuren gesichert worden; jedoch ist sicher, als diese Figuren aus ihrer ursprünglichen Stellung bewegt wurden, ein Indiz beseitigt worden, vielleicht das einzige – wenngleich, wie ich gestehen muß, ein schwer erkennbares.

Während die verschiedenen Annahmen zwischen Selbstmord und Unglücksfall schwankten, auch ein Verbrechen in Erwägung zogen, dachte niemand an die Möglichkeit einer, wenn auch zeitlich und örtlich versetzten, Hinrichtung. Man verstand nämlich nicht, daß gerade in dieser Stellung des Schachspiels die Nachricht verborgen war; konnte sich im übrigen auch nicht vorstellen, daß diese Nachricht an den Richter, der ihn soeben verurteilt hatte, adressiert war.

Die Untersuchungsbeamten fanden auf den Figuren nur die Fingerabdrücke des Verstorbenen – auch wenn eigentlich ich in diesem Moment gegen ihn hätte spielen müssen. Das gefundene Schachspiel gehörte nämlich mir, und mit geschlossenen Augen könnte ich diese Stellung aufbauen und das Spiel in allen seinen Varianten spielen. Diese Verteidigung, die Frisch vergeblich in seiner angesehenen Zeitschrift zu vernichten versucht hatte, war das einzige, was uns beide an einen schrecklichen Traum der Vergangenheit band. Diese Verteidigung, der Frisch unverschämterweise den Namen »Lüneburg-Variante« gab, hat sich als Leitfaden erwiesen, der es mir ermöglichte, ihn schließlich ausfindig zu machen.

Der Urteilsspruch wurde in jener Freitagnacht im Schnellzug München-Wien verkündet.

Wie ich berichtet habe, begab sich Dieter Frisch jeden Dienstag in seine Münchner Niederlassung, wo er vier Tage lang blieb, und kehrte am Freitag mit dem Zug um neunzehn Uhr zwanzig nach Wien zurück. Jahrelang fuhr er die Strecke. Es heißt, daß Frisch diese Rückreise besonders schätzte, weil sie ihm einige angenehme Stunden der Zerstreuung bot. Sein Reisegefährte war gewöhnlich Herr Baum, der Leiter der Münchner Niederlassung, ein unersetzlicher Mitarbeiter und Freund seit der nun lange zurückliegenden Kriegszeit. Den beiden Männern gelang es fast immer, ein Abteil für sich allein zu haben, und nachdem sie die Vorhänge vorgezogen hatten, um Eindringlinge abzuhalten, öffnete Herr Baum sein Handköfferchen und holte ein kleines Reiseschachspiel mit Magnetfiguren heraus. Sie leiteten damit ein, was zu ihrem Freitagabendritus geworden war. Auf diese Weise vergingen die Stunden rasch.

Manchmal gelang es ihnen in dieser Zeit noch nicht einmal, ihre Partie zu beenden, denn Herr Baum mußte eine Station früher als er aussteigen. Das letzte Stück, etwa vierzig Minuten lang, fuhr Frisch also allein, in die angenehmen Gedanken an die eben gespielte Partie versunken.

Wer das Schachspiel nicht kennt, ist vielleicht versucht, darin eine langweilige Beschäftigung für exzentrische Müßiggänger und alte Leute zu sehen, Menschen jedenfalls, die eine tüchtige Portion Geduld haben und eine beträchtliche Menge Zeit zu verlieren.

Das stimmt nur zum Teil, denn das Schachspiel verlangt auch eine ungewöhnliche Energie und die mentale Frische eines Kindes. Und wenn der Spieler manchmal als ein Greis mit zorniger Stirn dargestellt wird, so ist dies nur ein Emblem für eine Beschäftigung, die Tage, Jahre, das Leben selbst in einer einzigen nicht zu löschenden Flamme verbrennt. Hingegen genießt der Spieler paradoxerweise den Stillstand der Zeit auf dem Umweg über eine ewige Gegenwart. Wenn er jedoch nicht vor seinem Schachspiel sitzt, so scheint ihm das Leben unerträglich schnell abzulaufen, und er trachtet danach, so bald wie möglich in den begnadeten Zustand zurückzukehren, diesen nebulösen und zugleich strahlenden Zustand der Überlegenheit, in deren Genuß er nur kommt, wenn er seinen Geist auf das Spiel konzentriert. Und was die Langeweile betrifft, so kennt er die Bedeutung dieses Wortes nicht, das kann man mir glauben. Kann man sich je vorstellen, daß ein Soldat beim Sturmangriff einen Anfall von Langeweile bekommt? In der Geschichte des Schachspiels hat sicher nur der hervorragende Capablanca auf dem Gipfel seiner Karriere etwas Ähnliches empfinden können: denn sein Spiel war so perfekt und seine Gewißheit, unbesiegt zu bleiben, so groß, daß er – vielleicht, um nicht in die Gefahr zu kommen, sich zu langweilen – den Vorschlag machte, das Schachfeld zu verändern und es zu vergrößern, das heißt, einige Felder hinzuzufügen, um das Spiel interessanter zu machen. Kurz danach sollte er unter großem Aufsehen für seine Sünde der Überheblichkeit büßen.

Fast alle haben auf die eine oder andere Weise ein Schachspiel in Händen gehalten, haben versucht, die Figuren auszuprobieren, indem sie sie auf die hellen oder dunklen Felder setzten, und waren fasziniert von diesen Figuren, die einen König und eine Königin mit einer ganzen Armee en miniature darstellen. Viele haben das Spiel wohl gespielt, das der Nachahmung eines Krieges gleicht, in dem man den Siegesjubel oder die Demütigung der Niederlage erlebt. Wenige, Auserwählte oder Verdammte, haben in diesen totemischen Skulpturen längst verstorbene Ahnen erkannt und konnten sich für den Rest ihres Lebens nicht mehr davon losreißen. Hans Mayer (mein Adoptivsohn) und ich gehören zu dieser Rasse. Ich hoffe nur, daß es für Hans nicht zu spät ist und daß er sich, da er noch jung ist, unversehrt retten kann. Ich wünsche ihm, daß er zur Malerei zurückkehrt und ein ruhiges Leben führt, in dem das Schachspiel nur einen Zeitvertreib darstellt. Für mich, glaube ich, gibt es keinen Ausweg mehr, denn ich habe nicht mehr lange zu leben, und der Tod wird, fürchte ich, keine Befreiung sein. Auch Dieter

Frisch gehörte zu diesem Kreis; seit vielen Jahren schon hatte er eine neue Identität, ein neues Leben, eine neue Karriere, er war gänzlich in Sicherheit; und dennoch war seine erbitterte Leidenschaft für das Schachspiel der Grund dafür, daß er all dies verlor.

Wir müssen also einige Tage zurückgehen, genauer gesagt, zum Freitag, zu einem Freitag, der für ihn ungewöhnlich günstig begann. Der Aufenthalt in München war für Frisch eine Art Urlaub. In den vier Tagen schlief er bei seiner Geliebten in einem kleinen behaglichen Apartment in der Ludwigstraße, das er ihr einige Jahre zuvor gekauft hatte. So war er gezwungen (aber nicht einmal allzu widerwillig), seine eigenen Gewohnheiten zu ändern. Dort gab es kein spartanisches Aufstehen und kein frugales Frühstück, sondern ein faules und schlaftrunkenes Erwachen gegen neun Uhr, danach ein üppiges bayerisches Frühstück, von dem er jedoch meistens nur kostete. Erst gegen zehn Uhr betrat er sein Büro, als mache er einen Besuch auf seinem Anwesen und werde von Untertanen und Vasallen begrüßt und gefeiert.

An diesem Morgen wurde er um halb neun durch einen Telefonanruf von Herrn Baum geweckt, der ihn daran erinnerte, daß seine Anwesenheit an diesem Tag beim Abschluß eines wichtigen Vertrages dringend erforderlich sei.

Er sprang aus dem Bett, machte sich fertig und trällerte wie üblich gegen die Badezimmerwände. Hilda, seine Geliebte, hatte ihm wieder ein reichliches Frühstück zubereitet, das Frisch an diesem Morgen mehr als sonst würdigte. Außerdem war der Himmel heiter, und die Sonne strahlte hernieder, wie es sich für einen Tag Ende Mai gehört. So kam es, daß er ausnahmsweise nicht in das Auto stieg, das ihn wie immer pünktlich vor der Tür erwartete. Er schickte den Chauffeur weg und ging den Weg zu Fuß.

Den Vormittag verbrachte er damit, einige Details des Vertrags durchzusprechen und genau auszuarbeiten, blieb auch noch während der Mittagspause im Büro – er zeigte seinen Angestellten gern, daß er sich bei der Arbeit nicht schonte –, und erst um zwei Uhr ging er zusammen mit Herrn Baum hinunter in ihr Stammrestaurant, wo er sich nicht nur einen großen Bierhumpen statt des üblichen Apfelsafts bestellte, sondern nach dem Essen – gegen seine Gewohnheit – noch am Tisch bleiben wollte, um in Gesellschaft seines Freundes an einem geeisten Obstler zu nippen.

Als er ins Büro zurückkehrte, war es fast vier Uhr; er ließ der Sekretärin ausrichten, daß er auf keinen Fall gestört werden wolle, streckte sich auf seinem Sofa aus – einem schönen Sofa aus weichem Leder, das sich in seinem Chefzimmer befand – und nickte ein.

Er erwachte um halb sieben. Geweckt hatte ihn der hartnäckige Summer der Sprechanlage. Es war die Sekretärin.

»Doktor Frisch, ich erlaube mir, Sie daran zu erinnern, daß es halb sieben ist.«

»Ja, ja, ich weiß, wie spät es ist«, antwortete Frisch mit einer Stimme, als sei er auf frischer Tat ertappt worden. In Wirklichkeit hätte er gern weitergeschlafen, und er war sich auch, während er sprach, nicht sicher, ob er überhaupt wach war.

»Noch etwas anderes ...«, wagte die Sekretärin zu sagen. »Heute hat jemand immer wieder versucht, Sie zu sprechen. Er hat mehrfach angerufen und gesagt, daß er sich dringend mit Ihnen treffen müsse ...«

»Wer war es?«

»Das weiß ich nicht. Er wollte mir seinen Namen nicht sagen.«

Nein, Frisch träumte nicht. Nachdem er den ersten Augenblick der Bestürzung überwunden hatte, faßte er sich wieder und nahm mit der ihm eigenen Autorität seine übliche Haltung wieder ein.

»Sie wissen doch, Fräulein Hermes, daß ich mich am Freitag mit niemandem treffen will, und schon gar nicht mit einem, der seinen Namen nicht nennen will.«

»Sicher, das weiß ich«, erwiderte Fräulein Hermes, die nach zweiundzwanzig Jahren Dienstzeit zu Recht gekränkt war. »Nur deshalb habe ich mir erlaubt, Sie darauf anzusprechen.«

»Was wollen Sie damit sagen?«

Fräulein Hermes zögerte einen Augenblick, bevor sie antwortete. »Ich hatte den Eindruck, daß er mich belügen wollte.«

»Belügen?«

»So schien es mir. Er hat sich für einen alten Freund ausgegeben. Oder vielmehr, er melde sich im Auftrag eines alten Freundes ...«

»Eines alten Freundes?«

»So ist es. Aber ich fürchte, daß es sich nur um ein Mittel handelt, um Informationen über Ihre Pläne zu erhalten.«

»Über meine Pläne?« Erst in diesem Augenblick bemerkte Frisch, daß er die Aussagen seiner Sekretärin nur als Fragen wiederholt hatte. In Wirklichkeit ließ er jedoch im Geiste alle Personen, Freunde und Feinde, Revue passieren, die sich hinter diesem Telefonanruf verbergen konnten.

»Wie alt war er?«

»Wie soll ich das erkennen?« erwiderte die Sekretärin erstaunt. »Ich habe ihn nicht gesehen.«

Frisch war nahe daran, die Geduld zu verlieren. »An der Stimme, Fräulein, an der Stimme, wollte ich sagen. Schien sie Ihnen jung? Alt? Welchen Akzent hatte er?«

Fräulein Hermes schwieg einige Augenblicke und dachte nach.

»Jung, würde ich sagen. Und ohne Akzent.«

Frisch stieß einen kleinen Seufzer der Erleichterung aus. Wenn er tatsächlich etwas zu befürchten hatte, dann nur von Alten, von Leuten seines Alters, von Leuten mit einer gemeinsamen Vergangenheit.

»Was haben Sie ihm gesagt?«

»Nichts, nichts … Nichts, was nicht sowieso alle wissen«, stammelte sie am anderen Ende der Leitung. Ihm war, als sähe er sie vor sich, das Fräulein Hermes, wie sie sich auf die Lippen biß und die Augen hinter ihren dicken Brillengläsern aufriß. Gott weiß, wie oft er nahe daran war, sie zu entlassen; und wenn er es noch nicht getan hatte, so lag es einzig und allein an ihrer tadellosen Diskretion. Aber jetzt …

»Das heißt, genau gesagt?«

Die Sekretärin war dicht am Weinen. »Ich habe ihm nur gesagt, daß Sie heute abend nach Wien fahren werden.«

Bei diesem Geständnis wurde Frisch, ohne recht zu wissen, warum, von einer Wut gepackt, die er überhaupt nicht verbergen konnte, denn seine Worte klangen wie Peitschenhiebe. »Schlimm, schlimm, Fräulein Hermes, sehr schlimm. Von Ihnen hätte ich das nicht erwartet!«

»Aber ich ...«

Frisch ließ sie nicht weitersprechen. Er drückte auf den Knopf und unterbrach die interne Leitung. Um sie würde er sich bei seiner Rückkehr kümmern.

Er stand auf. In seinem Kopf drehte sich alles, und aus dem Magen stieg ein Gefühl der Übelkeit hoch.

Es war bereits nach halb sieben. Das Licht hatte sich verändert, in seinem Büro war es fast dunkel. Er ging ans Fenster, warf einen Blick auf die Straße und auf den Verkehr, der acht Stockwerke tief unter ihm vorbeifloß. Auf der Straße drängten sich die Autos, und auf den Gehsteigen lief die Menge in zwei entgegengesetzten Strömen, die sich vermischten. Von hier oben sah alles flüssig und unpersönlich aus wie ein Geröllhaufen, der vom Wasser weggeschwemmt wird. Um über das Schicksal von Menschen bestimmen zu können, mußte man sich also auf eine bestimmte Höhe begeben, dann änderte sich die Sicht und wurde die eines Gottes. Das Mitleid, die Barmherzigkeit, die Liebe waren also immer relative, zufällige und niemals absolute Zustände. Welche Liebe oder welches Mitleid kann man für eine im Spiel geopferte Schachfigur empfinden? Für einen Augenblick packte ihn eine unbezähmbare Sehnsucht nach der Vergangenheit, nach seiner Jugendzeit. Er wurde sich plötzlich bewußt, daß sich nun alle gemeinsam in der eigenen Niederlage suhlten. Auch wenn alles glänzend und üppig aussah, war es doch ein kollektives Scheitern, mit dem sich allerdings ein großer Teil der Menschen wohl schon abgefunden hatte.

Was hätte diese schlafwandelnde Masse aufwekken können? Vielleicht nicht einmal ein Krieg.

Wieder klingelte das Telefon. Es war Baum. Er schien besorgt zu sein. »Was ist los? Das Auto wartet auf uns.«

Er schüttelte seine Gedanken ab. »Ich komme sofort.« Aber als er den Hörer aufgelegt hatte, zögerte er noch ein paar Minuten. Er spürte in sich eine Erregung, an die kein angenehmer Gedanke herankam. Die Hermes also! Was für eine Klatschtante! Hatte sie einem Fremden Auskünfte gegeben! Vermutlich handelte es sich um irgendeinen Vertreter oder, schlimmer noch, um einen Versicherungsmenschen. Wer sonst konnte es sein? Ein Freund ... Hatte er vielleicht Freunde, von deren Existenz er nichts wußte? Oder es war gar kein Freund. Aber wer zum Teufel konnte es sein? Gegner hatte er, sicher, aber erklärte: Konkurrenten, Politiker, einige enttäuschte Frauen, einige betrogene Ehemänner ... Wer noch? In seinen schlimmsten Träumen vervielfachten sich diese Feinde und wurden zu einer bedrohlichen Legion. Eine von Frischs Ängsten, die immer wiederkehrte, war die, einem Attentat zum Opfer zu fallen. Diese Angst lebte in ihm wie eine chronische Migräne: ab und zu kaum zu spüren, dann wieder unerträglich. Obwohl er noch nie irgendwelche Drohungen erhalten hatte, fürchtete Frisch, daß ihm auf einer seiner üblichen Fahrten ein Mörder auflauern könnte. Während er die Straße hoch oben von seinem Fenster beobachtete, fragte er sich manchmal, wie dieser eingebildete Henker wohl aussehen könnte. Er bildete sich ein, ihn in der Menge erkennen zu können: An einem Tag konnte es jener Mann mit dem Hund an der Straßenecke sein, an einem anderen jener schwarz ausstaffierte Motorradfahrer, der immer wieder um den Häuserblock fuhr; oder heute jener Student, der unten, die Hände in den Taschen seines Regenmantels, vorbeiging.

Frisch verließ das Büro, und nachdem er es abgeschlossen hatte, betrat er den Fahrstuhl, der ihn zu den Parkplätzen im Untergeschoß brachte. Baum saß schon im Auto und erwartete ihn. Frisch nahm neben ihm auf der Rückbank Platz und gab dem Chauffeur das Zeichen zur Abfahrt.

»Fühlst du dich nicht wohl?« fragte Baum.

»Doch. Warum?«

»Du siehst blaß aus.«

»Ich habe zuviel gegessen.« Aber es klang nicht überzeugend. »Ach, ehe ich es vergesse: erinnere mich bei meiner Rückkehr an Fräulein Hermes. Ich muß sie betreffend einige Vorkehrungen treffen.«

»In Ordnung.« Baum diskutierte nie über seine Entscheidungen.

Während der Fahrt zum Bahnhof schwiegen sie. Zum ersten Mal in den vielen Jahren, die sie sich kannten, empfand Frisch eine physische Aversion gegen Baum. Aber bald wurde ihm klar, daß dieses unangenehme Gefühl alles um ihn herum mit einbezog – nicht zuletzt seine eigene Person.

In der Bar am Bahnhof kippte er einen Cognac herunter, der ihn aufzumuntern schien. Der Zug stand schon in der Bahnhofshalle, und glücklicherweise gab es noch einige leere Abteile. Sie nahmen wenige Minuten, bevor das Zeichen zur Abfahrt gegeben wurde, Platz, und erst als er im samtbezogenen Sitz versank und spürte, daß der Zug sich bewegte, schien er seine gute Laune ganz wiedergewonnen zu haben. Er betrachtete mit neu erwachter Sympathie die spindeldürre Gestalt Baums und seine ihm mittlerweile vertrauten Gesten, mit denen er seinen Regenmantel, den er immer trug, sorgfältig zusammenlegte, und beobachtete, wie er beim Hinsetzen die Hosenfalten glattzog; danach legte er das Lederköfferchen auf seine Knie und öffnete mit einem gleichzeitigen Klicken beide Schlösser. Er holte das Schachspiel mit einer Sorgfalt heraus, als handele es sich um eine Reliquie, und nachdem er es auf den Klapptisch gestellt hatte, ordnete er sorgfältig die Figuren darauf an. Seine letzte Geste, bevor die Partie begann, bestand darin, einen Pfennig neben das Schachbrett zu legen; Frisch tat dies ebenfalls. Das war ihr symbolischer Einsatz.

Baum spielte nicht schlecht. Er war kein Genie, aber man kann auch nicht sagen, daß er schlecht spielte. Das fehlende Talent glich er mit einer beneidenswerten Technik aus. Er war ein guter Theoretiker, und seine Eröffnungen waren immer tadellos. Er hatte sicher nicht viele Ideen: Wenn er bereits beschrittene Pfade verließ, geriet er immer in Schwierigkeiten, aber insgesamt war er ein ausgezeichneter Gegner, und ihn zu schlagen war gar nicht einfach. Gewöhnlich hatten sie auf der Strecke, die sie gemeinsam fuhren, Zeit, zwei oder drei Partien zu spielen. Nachdem sie die Eröffnung rasch vollzogen, einige Scharmützel im Zentrum ausgefochten und einen Figurenabtausch hinter sich hatten, konnten sie schon sehen, ob es sich lohnte, das Spiel zu Ende zu spielen. Bestimmte Stellungen mündeten unvermeidlich in ein Remis. Und dann fingen sie von vorne an und suchten sich allmählich gewagtere Varianten aus. Doch Baum blieb, das muß man sagen, immer sehr vorsichtig und machte nur wohlüberlegte und erprobte Züge; im übrigen war er mit einem Remis zufrieden, das für ihn schon ein gutes Ergebnis war. Manchmal passierte es ihnen jedoch, daß sie lange an einer einzigen Partie saßen, die ihnen so gefiel, daß sie das Spiel unterbrachen, um es gemeinsam zu rekapitulieren und mit all seinen Varianten zu analysieren.

Ein allen Schachspielern gemeinsames Merkmal scheint zu sein, daß sie nach einer Niederlage nicht zugeben wollen, daß ihre Stellung unhaltbar war; und so versuchte auch Baum nach einer Niederlage eigensinnig, jeden Zug noch einmal abzuwägen, um zu sehen, wo und wann er etwas falsch gemacht hatte. Sehr häufig gelang es Frisch, aus ihren Spielen und aus den Analysen danach einige ergötzliche Anregungen für seine Schachrubrik zu entwickeln.

Baum spielte diesmal mit Weiß. Er bevorzugte vor allen anderen die Eröffnung mit dem Damenbauern. Er liebte es, in ruhigem Wasser und an Bord eines soliden Schiffs zu fahren. Frisch hatte jedoch keine Lust, die eingefahrenen Wege zu gehen, und beschloß, das Spiel etwas abwechslungsreicher zu gestalten. Bei Baum konnte man im übrigen auch ein Risiko eingehen.

»Wollen mal sehen, wie du dich da herausziehst,

alter Freund«, sagte Frisch und machte rasch die Eröffnungszüge. Aber sein Spielschema sah schon bald ganz anders aus als sonst. Er wollte gern das Gesicht des guten Baum sehen, wenn er mit dieser Variante konfrontiert wurde. War es ein Scherz oder eine Herausforderung seiner selbst, der Wille, sich in die Komplikationen einer für Schwarz äußerst gefährlichen Verteidigung hineinzustürzen?

Ein Schachspieler verhält sich beim Spiel genauso wie im Leben sonst: er hat seine Vorlieben und seine Antipathien, seine Überzeugungen und seine Idiosynkrasien. Frisch hielt sich für einen Puristen des Spiels, er haßte alles, was ihm nicht logisch, geradlinig oder zumindest auf eine schon bestehende Theorie zurückführbar zu sein schien. Er hatte eine gesunde Hochachtung eher vor der Anzahl der Figuren als vor der Qualität des Spiels; schließlich war er jemand, der nicht verlieren konnte – und nicht nur auf dem Schachbrett –, jemand, der nicht, und sei es auch nur ein kleines Stück, von seinen fest verwurzelten Überzeugungen abrücken konnte.

Es war noch kein Jahr vergangen, seit er bei seinen Analysen für die Zeitschrift auf diese Variante von Schwarz gestoßen war, die hier und da verschiedentlich auf Turnieren mit unerklärlichem Erfolg zu sehen gewesen war. Sie verlangte an einem bestimmten Punkt das Opfer des Springers für zwei Bauern, aber mit dieser Variante verhinderte Schwarz, daß Weiß seinen König in Sicherheit bringen konnte, und war nun in der Lage, ihn in die Enge zu treiben. Und wenn Weiß seinen errungenen Vorteil nutzen wollte, mußte es sich darauf beschränken, lange Zeit in Abwehrstellung zu bleiben.

Er hatte diese Variante sofort als einen Angriff auf seine persönlichen Regeln einer ästhetischen Ordnung angesehen. In seiner Zeitschrift hatte er sie ausführlich abgehandelt und versucht, auf alle mögliche Weise ihre Haltlosigkeit zu belegen. Er hatte ihr über mehrere Nummern hinweg eine schwierige Untersuchung gewidmet und sie *Die Lüneburg-Variante* genannt. Dort hatte er sich auf verschiedene Weisen bemüht, sie auseinanderzunehmen. Er hatte sie als »inkohärent«, als »nicht durchdacht« und als »rauflustig« bezeichnet. Doch passiert es uns manchmal, daß wir eine Sache derartig hassen, daß wir sie zum Schluß verteidigen. Und Frisch führte in diesem Augenblick genau jene Züge aus, die er so getadelt hatte. Während er seinen Überzeugungen zuwiderhandelte, schauderte es ihn sicher wie bei einer Übertretung, und er erkannte, da er sich vielleicht zum ersten Mal den Standpunkt seines Gegners zu eigen machte, wie anders die Dinge aussehen, wenn man das Schachbrett einfach nur umdreht.

Wer weiß, ob Baum sich noch an diese Variante erinnerte?

Bestimmt, denn Baum war ihm seinerzeit eine unersetzliche Hilfe bei den zermürbenden Analysen jener Partien gewesen. Er erinnerte sich daran, und wie!

»Oh, oh ...«, sagte er, offensichtlich überrascht. So, als wollte er sagen: »Sieh mal an, da taucht der Teufel wieder auf!«

Frisch spielte weiter. So minutiös er die Variante auch untersucht haben mochte, gab es doch einige Punkte, die sich ihm nach wie vor entzogen. Er fragte sich, warum er sich jemals auf diese Schwierigkeiten eingelassen hatte. Einen Moment lang wollte er vorschlagen, die Partie abzubrechen und eine neue zu beginnen, aber er hielt sich zurück, weil er wußte, daß Baum sein Aufgeben als Sieg verbucht hätte. Und den gönnte er Baum nicht. Allerhöchstens wollte er ihm ein Patt schenken. Nach den wenigen Malen, bei denen Baum ein Sieg vergönnt gewesen war, hatte er sich wochenlang damit gebrüstet. Und andererseits: wie uns ein einziger Sieg von vielen Niederlagen erlöst, so kann eine einzige Niederlage eine lange Reihe von Erfolgen abwerten, sogar auslöschen. Im Grunde, dachte Frisch voller Optimismus, wenn er die Partie mit der gebotenen Aufmerksamkeit spielte, konnte er versuchen, sie zumindest mit einem Remis zu beenden.

Da er in Gedanken versunken war, hatte er noch nicht einmal bemerkt, daß ein Reisender in das Abteil gekommen war und nun neben ihnen Platz nahm. So selten betrat jemand trotz der zugezogenen Vorhänge ihr Abteil, daß Frisch jetzt den Kopf hob und dem Eindringling einen verdrießlichen Blick zuwarf. Frisch hatte sich einen indirekten Blick angewöhnt, der aus seiner lange zurückliegenden Zeit bei der Armee herrührte. Niemals sah er jemandem in die Augen, sondern sein Blick konzentrierte sich mit einer Art Mißbilligung auf einen Punkt der Kehle, so als betrachtete er einen Fleck auf dem Kragen oder einen losen Kragenspiegel.

Der junge Mann sagte, da er sich beobachtet fühlte, halblaut etwas, murmelte einen Gruß und setzte sich.

Der Eindringling konnte kaum älter sein als zwanzig Jahre. Er hatte fast blondes Haar, das ihm auf die

Schultern herabfiel, war schlecht rasiert und hatte sich in einen Regenmantel gewickelt, der weiß, aber nicht mehr makellos weiß und bis zum Hals geschlossen war. Eine Art, sich zu kleiden, die Frisch natürlich nicht mochte.

Der junge Mann war gleichsam auf seinem Sitz zusammengebrochen, seine Hände steckten tief in den Taschen. Er hatte eine flache Aktentasche aus Leder umhängen. Die Tatsache, daß er kein anderes Gepäck bei sich hatte, weckte in Frisch die Hoffnung, er werde nur ein kurzes Stück mit ihnen fahren.

Nachdem der junge Mann sie einige Minuten lang beobachtet hatte, öffnete er seine Aktentasche, zog ein paar Zeichenblätter heraus, hüstelte dann ein wenig, um auf sich aufmerksam zu machen. »Wenn die Herren gestatten«, sagte er, »möchte ich gern eine humoristische Zeichnung von Ihnen machen, während Sie Schach spielen.«

Frisch lehnte schroff ab, und resigniert versank der junge Mann wieder in seinem Sitz. Er nahm die Tasche von der Schulter und legte sie auf den Sitz neben sich – zuvor hatte er jedoch ein kleines Bündel aus grauem Stoff herausgeholt, das er rasch in die Manteltasche steckte.

Frisch versenkte sich wieder in seine Gedanken, aber die Gegenwart des Fremden störte ihn. Von Zeit zu Zeit warf er ihm einen kurzen Blick zu. Dieser wandte seine Augen nicht vom Schachbrett ab. Nach den kaum wahrnehmbaren Bewegungen seiner Pupillen zu urteilen, konnte man davon ausgehen, daß er die verschiedenen Möglichkeiten »las«. Baum ließ sich in seiner Ecke nicht einen Augenblick vom Spiel ablenken. Da er sich in einer für ihn vorteilhaften

Stellung befand, strengte er sich an wie nie zuvor und setzte seine Figuren mit erkennbar zufriedener Miene.

Sie spielten noch eine halbe Stunde weiter, dann bot Frisch ein Remis an in der Überzeugung, daß Baum wie gewöhnlich einverstanden sein würde. Aber zu seiner großen Enttäuschung zögerte der und schob die Lippen vor, als kostete er einen wertvollen Wein. Schließlich war er so unverschämt und lehnte ab. »Ich möchte sehen, wie es ausgeht, wenn du nichts dagegen hast.«

Danach, Zug um Zug, wurde Frisch sich bewußt, alles in seiner Macht Stehende getan zu haben, um in eine unhaltbare Endstellung zu kommen. Diesen Ablauf kannte er nur zu gut, da er ihn gründlich analysiert hatte, auch wenn es in Wahrheit eine parteiliche Analyse gewesen war. Er war überzeugt, daß die »Lüneburg-Variante« unhaltbar war, und vielleicht wollte er unbewußt seine Überzeugung bestätigt sehen. Deshalb nahm er, als er sich dem Schachmatt näherte, seinen eigenen König vom Brett zum Zeichen der Kapitulation.

»Was zu beweisen war, mein lieber Baum«, rief er betont sicher. Aber es gelang ihm nicht, jenen stumpfen Blick zu verbergen, den Menschen bekommen, die nicht verlieren können. »Diese Variante ist unhaltbar.« Und da wir in der Niederlage alle nachsichtiger werden, wandte er sich an den jungen Zuschauer, als wolle er ihn mit einbeziehen. Dieser starrte das Schachbrett immer noch mit einem zweifelnden Blick an, als ob das Gesagte nicht stimmte. Es war jedoch nicht ersichtlich, wie gut er das Spiel beherrschte.

»Ich glaube«, sagte der junge Mann, nachdem er sich geräuspert hatte, »daß Ihre Züge nicht die bestmöglichen gewesen sind.«

Frisch war wie vom Donner gerührt. Um einen solchen Affront zu verdauen, bedurfte es einer nicht unbeträchtlichen Anstrengung. Schließlich hatte er seine Ruhe wiedergewonnen – denn nur gewappnet mit einer großen Portion Ruhe konnte man einem Laien antworten – und sagte mit dem Anflug eines Lächelns: »Glauben Sie?«

Wenn es etwas gab, das er nicht ertragen konnte, dann waren es beiläufige Urteile eines zufälligen Beobachters, der vielleicht die Schachfiguren kaum ziehen konnte. Der Kontrolleur zum Beispiel gehörte dazu. Sein Erscheinen erwarteten sie immer mit einem Anflug von Verdruß. Man konnte ihn nicht warten lassen. Er hatte vom Schachspiel eine begrenzte, kurzsichtige Vorstellung; er war einer, der überall das Schachmatt sah wie eine Fata Morgana in der Wüste, und man mußte ihn sehr häufig daran hindern, daß er seine Hand dem Schachbrett näherte und ein Desaster anrichtete. Aber wenn das Auftauchen des Kontrolleurs eine ständige, doch vorhersehbare Gefahr darstellte, so war die Einmischung eines Dilettanten ein nicht vorhersehbares Ereignis. Nicht, daß es noch nie geschehen wäre. In den vielen Jahren, die er mit Baum auf dieser Strecke fuhr, war es schon einige Male passiert, daß einer, obwohl es noch leere Abteile gab, sich entschloß, in ihr Abteil einzudringen, und sich zu einem Wortschwall hinreißen ließ; aber es waren sanfte und oberflächliche und leicht zu widerlegende Bemerkungen von Laien. Dieser jedoch schien das Spiel zu kennen, und außerdem waren seine Worte mit einer deutlich provokativen Absicht gesprochen.

Frisch hatte inzwischen seine Ruhe wiedergewonnen. Plötzlich schoß ihm der Gedanke durch den Kopf, daß man sich mit diesem Typen sogar einen Spaß machen könnte.

»Was läßt Sie glauben, daß man bessere Züge in dieser Stellung machen kann?« fragte er und beugte seinen Oberkörper dabei etwas vor.

Der junge Mann verzog fast höhnisch den Mund. »In dieser Stellung offensichtlich nicht mehr.«

»Was wollen Sie damit sagen?«

»Ich will nur sagen, daß man einige Züge zurückgehen muß, um es Ihnen erklären zu können.«

Frisch mußte wieder mit sich kämpfen. »Wirklich?«

»Aber sicher. Diese Variante muß man mit der größtmöglichen Dynamik durchspielen, man darf sich nicht auf die Unbeweglichkeit beschränken, die Sie ihr auferlegt haben. Das betrifft besonders die Umwandlung des Bauern – und diese Bedrohung ist die entscheidende –, und das anfängliche Springeropfer kann nicht ohne Folgen bleiben, sonst ist man am Schluß verloren, das ist offensichtlich.«

»Das ist offensichtlich«, bestätigte Baum bei sich selbst, ohne die Augen vom Schachbrett zu wenden. »Das ist offensichtlich«, wiederholte er in einem leichten Anfall von Echolalie.

Frisch wollte etwas sagen, aber der junge Mann unterbrach ihn mit einer Handbewegung.

»Diese Variante«, sagte er, »habe ich unzählige Male gespielt. Ich habe sogar, muß ich gestehen, bei der Eröffnung mit dem weißen Damenbauer immer diese Variante gewählt.«

»Und mit Erfolg, kann ich mir vorstellen«, brachte Frisch nicht ohne Sarkasmus vor.

»Ja«, antwortete der junge Mann mit Bestimmtheit. »In achtzig Prozent der Fälle. Und wenn man Schwarz spielt, ist das *wirklich* ein Erfolg.«

Frisch konnte sich nicht länger beherrschen. »Ich sage Ihnen nur eines, mein Lieber: Diese Verteidigung ist nichts wert. Sie ist plötzlich vor einem Jahr aufgetaucht, nur aus einer vorübergehenden Mode heraus (weil auch das Schachspiel der Mode unterworfen ist), bis ich mich gezwungen sah, sie in meiner Zeitschrift selber auseinanderzunehmen.« Er sprach mit großer Autorität. »Ihr einziger, ich betone, ihr *einziger* Vorteil, den man anerkennen muß, ist, daß sie im trüben fischt und deshalb ein heilloses Durcheinander verursacht, in dem man leicht einen falschen Zug macht. Aber sonst hat sie keinen! Man muß auf die Überraschung setzen, das ist alles. Sie baut auf Gerissenheit, gewiß nicht auf Intelligenz.« Hier schwieg er, als bereute er das Ungestüm, mit dem er gesprochen hatte. Am Ende nahm er einen neutralen Ton an, er wählte ihn mit derselben Sorgfalt, mit der er eine schlichte Krawatte für einen Nachmittagsanzug ausgewählt hätte. »Sie spielen, wie mir scheint«, sagte er, »also auch Schach.«

»Jetzt nicht mehr«, antwortete der junge Mann. »Mir scheint jedoch, daß Sie sich auf dem laufenden halten.«

»Ich habe viele Jahre lang gespielt, bis zur Erringung des Meistertitels. Aber jetzt rühre ich das Schachspiel nicht mehr an.«

»Wenn Sie die Gelegenheit ergreifen wollen ...«, schlug Frisch großzügig vor. Der Auftritt dieses Eindringlings hatte ihn am Anfang gestört, aber jetzt, da er wußte, daß er es mit einem Könner zu tun hatte, bekam die Sache unerwartet ein anderes Gesicht. »Wenn Sie wollen ...«, bekräftigte er mit einer weiten, einladenden Geste zum winzigen Schachbrett, das Herr Baum immer noch anstarrte, als sei er von der Siegstellung hypnotisiert.

Der junge Mann wehrte ab: »Ich könnte es nicht, ich könnte es wirklich nicht.«

»Aber warum nicht? Ich bitte Sie darum. Eine bessere Gelegenheit können Sie nicht bekommen. Ich bin Doktor Frisch, Schachmeister und Schiedsrichter bei internationalen Turnieren. Außerdem gebe ich die Zeitschrift ›Der Turm‹ heraus.«

Der junge Mann ergriff die Hand nicht, die Frisch ihm entgegenstreckte, sondern beschränkte sich auf ein kurzes Kopfnicken. »Mayer«, sagte er mit halblauter Stimme.

Frisch gab sich nicht geschlagen: »Wenn Sie wollen, können Sie Weiß nehmen. Mit Schwarz könnten Sie jedoch diese Variante spielen.«

Der junge Mann schüttelte mit Bestimmtheit den Kopf. »Ich möchte nicht unhöflich wirken. Ich habe Ihnen gesagt, daß ich nicht könnte ... aber in Wirklichkeit *kann* ich nicht mehr mit einem Gegner vor mir spielen.«

Bei diesen Worten schüttelte sogar Baum seine Erstarrung ab und sah den jungen Mann fragend an; und dieser (Mayer hieß er, nicht wahr? – so meinte er wenigstens verstanden zu haben) fühlte sich gezwungen, eine Erklärung für seine Weigerung zu geben.

»Eine Frage der Nerven, vermute ich. Trotz allem

halte ich mich noch für einen guten Spieler; nur fehlt es mir an Mut, gegen eine leibhaftige Person zu spielen.«

»Mut?« fragte Frisch erstaunt. »Ihnen fehlt es an Mut?«

»Es ist stärker als ich«, versicherte der junge Mann. »Wahrscheinlich handelt es sich um eine Phobie; etwas, das ich nicht beherrschen kann. Wegen des Schachspiels habe ich fast mein Leben ruiniert. Ich war nahe daran, den Verstand zu verlieren. Ich habe alles verloren, nach kürzester Zeit war mir nichts mehr geblieben. Noch jetzt gelingt es mir nicht, zu begreifen, wie das passieren konnte. Es war so weit gekommen, daß ich ein Vagabundenleben führte und die Nächte auf der Straße oder in einem öffentlichen Schlafsaal verbrachte. Es gab eine Zeit, in der ich, das leugne ich nicht, geglaubt habe, ich sei verrückt. An dem Ort, an dem ich mit dem Abschaum der Stadt eine Zeitlang wohnen mußte, war einer, der sich darauf versteifte, herauszufinden, was in unserem Gehirn nicht funktionierte; er legte uns ständig Formulare zum Ausfüllen vor und hörte nicht auf, uns äußerst peinliche Fragen zu stellen. Er wollte, koste es, was es wolle, die Ursachen für unsere Lage herausfinden, um zu ergründen, was uns jeden Lebenswillen geraubt hatte. So kam es, daß auch ich ihm mein Problem dargelegt habe, und tatsächlich schien es ihn sehr zu interessieren. Er war der einzige, der mir zugehört und meine Geschichte geglaubt hat. Er kam zu dem Schluß, ich könne nicht mehr Schach spielen, weil ich in meinem Gegner die Vaterfigur sehe, mit der ich einen Konflikt austragen müsse. Seine Diagnose traf, obwohl sie von falschen Prämissen ausging, zufällig ins Schwarze. Es handelte sich jedoch nicht um meinen leiblichen Vater, und die Geschichte, die ich ihm erzählt habe, war nicht, wie er behauptete, ein Ergebnis meiner Phantasie oder meines unbewußten Bedürfnisses, mich für wer weiß welche Schuld zu bestrafen; auch wenn ich in jener Zeit selbst an der Wahrheit meiner Geschichte zu zweifeln begann.

Alles hatte mit meiner Leidenschaft für das Schachspiel begonnen, in das ich auf eine ganz besondere Art eingeführt worden bin ...«

Die letzten Worte weckten offenbar endlich die Aufmerksamkeit der beiden Zuhörer. Frisch blickte zum ersten Mal hoch und sah mit seinen blaßblauen Augen Mayer direkt in die Augen. Dabei zeigte, oder jedenfalls schien es Mayer so, sein Gesicht einen wohlwollenderen Ausdruck; und im Grunde war es das, worauf er – obgleich er fürchtete, vergebens – die ganze Zeit gewartet hatte, so wie man manchmal in den Augen dressierter Tiere nach einem menschlichen Ausdruck sucht. Frischs Züge hatten sich plötzlich entspannt, wirkten fast ermattet und verrieten, daß er seine anfängliche Reserviertheit, zwar mehr aus Zerstreutheit als bewußt, abgelegt hatte.

Mayer holte tief Luft. Seine Spannung hatte etwas nachgelassen, und seine Stimme war nicht mehr von Heiserkeit verschleiert, die bis dahin seine Nervosität verraten hatte.

Mit der Hand, die er in die Manteltasche gesteckt hatte, drückte er kräftiger das Stoffbündel, das er festhielt: wie um sich selber zu beweisen, daß er den Grund, warum er in dem Zug saß, nicht vergessen hatte. Jetzt konnte er seinen Gegner ohne Furcht ansehen. Trotz all dem, was er von ihm wußte, betrachtete er ihn wie einen x-beliebigen, wehrlosen Mann, einen Mann, dem man – nachdem die Maske der Strenge für einen Moment gefallen war – sein wirkliches Alter ansah: er war nun fast ein Greis mit eisengrauem, sehr kurz geschnittenem Haar, um einzelne schüttere Stellen besser zu verbergen, aber mit einem gepflegten, gutgenährten, hingebungsvoll gehegten Körper, der zweifellos voller Dankbarkeit unter dem hervorragend geschnittenen dunklen Anzug pulsierte.

Der andere, Baum, wirkte auf den ersten Blick wie ein Mitläufer; er wandte Mayer nur Dreiviertel seines Gesichtes zu, hatte die Beine übereinandergeschlagen und umfaßte die Knie mit beiden Händen: scheinbar in sich versunken, aber nur, weil er zuhören wollte, ohne den Eindruck zu erwecken, daß er es tat.

Durch die Fenster sah man als eine Reihe blendender Lichter einen Zug vorbeifahren, und ein ganzes Dorf mit seinen Lichterkegeln glitt sich drehend vorüber, blau beleuchtete Gittermasten und Brücken blieben zurück, dann wieder das donnernde Schwarz des Waldes.

Das Schweigen der beiden Männer und Frischs gespannte, neugierige Aufmerksamkeit veranlaßten Mayer, mit seiner Erzählung zu beginnen.

Ja, das Schachspiel hat mich von Kindheit an begeistert. Die ersten Züge habe ich bei meinem Vater gelernt, der ein guter Laienspieler war. Einer der lebhaftesten Eindrücke, die mir von ihm geblieben sind, zeigt ihn mit nachdenklichem Gesichtsausdruck über das Schachbrett gebeugt.

Sie müssen jedoch wissen, daß meine Eltern bei einem Verkehrsunfall starben, als ich erst sechs Jahre alt war. Ich lebte deshalb bei meiner Großmutter in Wien.

Bis ich dreizehn war, dachte ich nicht mehr an das Schachspiel; es blieb etwas Dunkles und Geheimnisvolles, das mit der magischen Welt meiner Kindheit verbunden war. Im Hause meiner Großmutter lag, in einer Schublade verborgen, noch das Schachbrett meines Vaters, das sich zusammenklappen und wie ein Kästchen verschließen ließ, wobei die aus Buchsbaum und Ebenholz geschnitzten Figuren darin eingeschlossen wurden. Es blieb jedoch zusammen mit anderen Dingen, die meinem Vater gehört hatten, an seinem Platz liegen, ohne daß ich mich darum kümmerte: die metallene Tabaksdose, einige Pfeifen, ein Rasiermesser mit einem Griff aus Schildpatt ... es waren nur Erinnerungen, die man aufbewahrte, Gegenstände, die man hütete.

Mit etwa dreizehn Jahren eroberte mich das Schachspiel zurück. Und auf eine merkwürdige Weise, muß ich gestehen. Es war ein Zeichen, mit dem sich dieses Spiel mir in seinem Doppelwesen offenbarte.

An einem Frühjahrsvormittag saß ich mit meiner Großmutter draußen an einem Tisch eines Cafés im Zentrum und beobachtete, wie im Glasbecher der Rest meines Eises schmolz, als ich plötzlich bemerkte, daß Blutstropfen den weißen Marmor des Tisches sprenkelten. Meine Großmutter sprang auf und versuchte, die Blutung mit der Serviette zu stillen. Soweit ich mich erinnere, wusch ich mich unter einem Wasserhahn, dann führte mich die Wirtin des Cafés nach hinten in ein Zimmer, einen eleganten Saal, dessen Wände mit Spiegeln bedeckt waren. Dort mußte ich eine Weile liegen, bis das Nasenbluten ganz aufgehört hatte. Nachdem meine Großmutter mir befohlen hatte, mich nicht zu bewegen, ging sie hinaus und ließ mich allein; aber ich war wohl nicht ganz allein, denn hinter einem Vorhang aus schwerem rotem Samt, der den Raum teilte, meinte ich ein unterdrücktes Murmeln zu hören, wie von Menschen, die keinen Krach machen wollen. Meine Neugier wurde sicher durch die Langeweile des erzwungenen Stilliegens angestachelt. Ich lag mit nach hinten gebeugtem Kopf da, preßte Eis auf meine Stirn und starrte auf einen Punkt senkrecht über mir. Doch auf einmal irrte mein Blick ab und wanderte mit Hilfe der Spiegel, die auch die Kassettendecke verzierten, an das äußerste Ende des Saals, und so konnte ich erkennen, was sich hinter diesem Vorhang abspielte. Ich sah etwas mir Vertrautes: ein Schachspiel und um das Spiel herum Menschen, nach ihren kahlen Köpfen und weitgehend grauen Haaren zu urteilen alte Männer. Und alle schienen auf das glänzende Viereck zu starren, als ob sie auf die Antwort eines Orakels warteten. Aber irgend etwas, was ich auch mit der größten Anstrengung nicht ausmachen konnte, entzog sich meinen neugierigen Blicken; etwas, das in krassem Gegensatz zur Strenge des Raums zu stehen schien und mir durch die vorgeneigten Oberkörper und gebeugten Köpfe hindurch verborgen blieb, jedoch auf eine gewisse Weise ein heiteres Bild in mir hervorrief, so als ob all diese Menschen das Ende eines Scherzes erwarteten.

»Jetzt geht es mir besser«, hörte ich mich zu meiner Großmutter sagen, »wir können nach Hause gehen.«

Als ob ich von einem Traum zum anderen wanderte, erhob ich mich und ging entschlossen auf den Vorhang zu. Vielleicht war meine Großmutter zu sehr verblüfft, um hinter mir herzulaufen und mich aufzuhalten, oder vielleicht wagte sie es nicht, eingeschüchtert durch die Stille an diesem Ort, mich zu rufen. Sie hob nur erschrocken den Arm, doch das sah ich kaum, denn ich verschwand gerade hinter dem Vorhang und näherte mich der Gruppe, die sich um den Tisch drängte. Niemand beachtete mich, obwohl ich mir mit den Ellbogen Platz schaffen mußte, um das Schachspiel sehen zu können. Kaum war ich nahe genug, als mir auch schon der Grund für das merkwürdige Gefühl von eben klar wurde. Am Tisch saßen zwei Personen: Von hinten sah ich einen dunkelgekleideten alten Mann, weißhaarig, mit einem großen Kopf; doch ihm gegenüber saß ein schmächtiger, blonder Junge, der allem Anschein nach etwa mein Alter haben mußte. Wie er umringt von diesen sehr viel älteren Männern reglos dasaß, wirkte er wie das von den Schriftgelehrten befragte Kind Jesus.

Den nächsten Zug mußte offenbar der alte Mann machen, und kurz darauf hob er auch die Hand, nahm eine Figur hoch und stellte sie mit einer Geste äußerster Erschöpfung wieder auf das Schachbrett. Kurz darauf tat der Junge, der ihm gegenübersaß, dasselbe, ohne ein Wort zu sagen, doch er zeigte dabei eine solche Entschlossenheit, eine so mitleidlose und zynische Sicherheit, daß man vermuten konnte, es sei der entscheidende Zug.

Ich habe immer geglaubt, wenn man, um sich den Sieg zu sichern, die Worte »matt« oder »schachmatt« ausspreche, dann zur eigenen Genugtuung, aber zu meiner großen Überraschung geschah nichts dergleichen. Der Alte, von dem ich nur den Rücken sah, dachte noch einige Minuten nach oder, besser gesagt, schien aufmerksam den Wert eines seltenen Gegenstandes oder die Echtheit eines Kunstwerks abzuwägen, danach stand er auf und schüttelte seinem jungen Gegner die Hand.

Plötzlich begannen diese Menschen, die bis dahin nicht einmal zu atmen gewagt hatten, lebhaft miteinander zu diskutieren, und Dutzende von Händen senkten sich in einem fürchterlichen Durcheinander auf das Schachbrett. In diesem Moment trat meine Großmutter neben mich, packte mich an der Schulter und führte mich weg; ich jedoch, der ich nicht fort wollte, weigerte mich weiterzugehen und begann zu protestieren. Aber meine Großmutter blieb unerschütterlich. Während sie mich durch die Menge, die immer noch um das Schachbrett herumstand und lärmte, zum Ausgang zog, drehte ich mich ein letztes Mal zu dem Tisch um und erkannte plötzlich ganz ohne Zweifel, daß jener, den ich für ein Kind gehalten hatte, in Wirklichkeit ein Erwachsener war: ein Zwerg mit einem wohlproportionierten, wenngleich schmächtigen Körper, einem kindlichen, zugleich bartlosen und runzligen Gesicht. Und mir schien auch, daß er aufblickte und mich wie mit einem verschwörerischen Zwinkern ansah.

War dies der Tag meiner Aufnahme? Ich weiß es

nicht. Tatsache ist, daß mein Interesse am Schachspiel von da an ständig zunahm. Ich war wie ein Gefäß, das tropfenweise gefüllt wurde. Ich erinnere mich, daß ich als erstes in den Sachen meines Vaters gekramt und das Schachbrett hervorgezogen habe, als hätte ich einen Schatz ausgegraben; ich öffnete es und zählte die Figuren, drehte sie zwischen den Fingern, und mir war, als sähe ich sie zum ersten Mal. Dann stellte ich sie auf die Felder, wie es mir vor vielen Jahren mein Vater beigebracht hatte. Ich meinte in mir alle Gefühle zu spüren, die noch in diesen Schnitzereien eingeschlossen waren. Mir war, als nähme ich an einer Testamentseröffnung teil, bei der ich zum einzigen Erben bestimmt wurde.

Meine Leidenschaft offenbarte sich also spontan und war unstillbar. Eine Zeitlang genügte es mir, diese Figuren auf dem Schachbrett zu bewegen, sie zu betasten oder sie nur anzusehen, um zufrieden zu sein. Ihnen galt mein erster Gedanke am Morgen und mein letzter am Abend, und sie tauchten in all meinen Träumen auf. Ich fühlte mich schon als unschlagbarer Meister, obwohl ich mich noch in keinem einzigen Spiel gemessen hatte. Und wenn mich jemand fragte, was ich machen wolle, wenn ich groß sei, dann zögerte ich nicht im geringsten.

Außer dem Schachbrett hatte mein Vater mir eine nicht geringe Anzahl von Schachbüchern hinterlassen, die ich gierig, aber obenhin überflog, weil ich mich nicht in diesen Ozean dunkler Symbole stürzen wollte.

Eines Tages beschloß ich schließlich, meine eingebildete Meisterschaft auf die Probe zu stellen. Anfangs war es nicht einfach, Gegner zu finden. Wenn wir eine echte Leidenschaft für etwas hegen, werden wir uns voller Bestürzung bewußt, wie wenig eine Welt, die für uns die einzige ist, Verbreitung gefunden hat, wie wenig sie geschätzt wird oder auch nur bekannt ist. Unter meinen Schulkameraden, mit denen ich hin und wieder eine kurze Partie machte, war keiner, mit dem ich richtig spielen konnte; ich war ständig auf der Suche nach möglichen Gegnern. Das ging so weit, daß mich, wenn ich mit Menschen zusammentraf, nur eines interessierte: ob sie Schach spielen konnten oder nicht. Bei einer Verneinung der Frage verloren sie in meinen Augen jedes Interesse; aber es genügte, daß einer zugab, gerade mal die Regeln zu kennen, dann gewann er sofort meine Achtung – es sei denn, er wurde mein Opfer, wenn er eingewilligt hatte, sich mit mir zu messen.

Meine ersten Gegner waren also Freunde und Schulkameraden; aber ich bedrängte sogar meine Großmutter, die sich in dem Spiel auskannte, und nicht selten belästigte ich schließlich einige unglückliche Bekannte, die in unser Haus kamen.

Natürlich zog ich, wie jeder Anfänger, die Praxis der Theorie, das Spiel dem Studium vor, weil ich immer dachte, daß letzteres überflüssig sei, dank des allwissenden Genius, den ich bereits in mir entdeckt hatte und der mir von Mal zu Mal den siegreichen Zug eingeben würde.

Wie Sie wissen, vertrat Aljechin die Meinung, daß das Schachspiel eine Kunst sei, während Capablanca darin reine Technik sah; für Lasker hingegen war das Schachspiel ein Kampf. Ich muß jedoch sagen, in der ersten Zeit war es für mich eher als ein Kampf ein Geraufe unter Hühnern, mit viel Gegacker und überall herumfliegenden Federn. Ich kümmerte mich wenig um meine Verteidigung, ich opferte meine Figuren wahllos, und wenn es mir auch gelang, die kleinen Feuer im Zaum zu halten, so merkte ich es nicht einmal, wenn das ganze Gebäude in Flammen stand. Ich war überzeugt davon, daß die Phantasie, die ich in Hülle und Fülle zu besitzen meinte, der »armseligen« Buchhalterei überlegen sein müsse, die das Charakteristikum vieler meiner Gegner war, die ständig und peinlich genau eine Aufstellung von Soll und Haben machten, doch am Ende standen sie eben mit einer Figur mehr da, die ihnen den Sieg sicherte. Ich träumte davon, so zu spielen wie der große Morphy oder eine Partie zu machen wie Anderssens »immergrüne«, in der ich nach immer beträchtlicheren Opfern das Spiel wie durch einen Degenstoß durch ein Schachmatt mit nur einer übriggebliebenen Figur, gar einem Bauer, beenden könnte. Das Talent ist jedoch nicht immer so groß wie die Leidenschaft. So versteifte ich mich darauf, davon zu träumen, was niemals Wirklichkeit werden sollte; tatsächlich war mir die Konzeption des Spiels noch sehr fremd. Über Jahre hinweg wuchs jedoch diese Leidenschaft in mir, bis sie anomale Ausmaße annahm.

Mit siebzehn Jahren schrieb ich mich an der Hochschule für bildende Künste ein; ich verließ also das Haus meiner Großmutter und zog in eine Studentenwohnung. Nun dürfen Sie sich aber meine Großmutter nicht als eine weißhaarige und in Tränen aufgelöste alte Frau vorstellen. Sie war fünfundfünfzig und voll Charme; früher war sie Opernsängerin gewesen und führte, von treuen Bewunderern noch immer gefeiert, ein glänzendes, um nicht zu sagen ausschweifendes Leben. Für sie war es eindeutig eine Erleichterung, niemanden im Hause zu haben, der sie, auch wenn sie es verboten hatte, Großmutter nennen konnte; womit ich nicht sagen will, daß sie mir nicht sehr wohlgesonnen war.

Ich teilte das Zimmer mit einem Studenten aus meinem Kurs, den das Schachspiel absolut nicht interessierte. Meine Neigung hingegen galt ausschließlich dem Spiel, ich dachte an nichts anderes, man kann sagen, daß ich Schach aß, trank und atmete. Wenn Pythagoras behauptete, daß Gott sich mit Geometrie beschäftigte, so gab es für mich einen Gott, der ewig Schach spielte.

Am Abend ging ich durch die Straßen des alten Wien und lugte durch die Fenster der überfüllten Cafés. Unaufhörlich hielt ich Ausschau, wo gespielt wurde, und ständig zogen mich Orte an, wo sich Leute um einen Tisch versammelt hatten. Doch fast immer handelte es sich nur um Kartenspieler – anscheinend eine weitverbreitete Rasse –, und nur selten erspähte ich mittendrin ein Schachspiel, das von erstarrten Spielern eher überwacht als gelebt wurde, denn nach ihrem Alter und der Zeit zu urteilen, die sie für jeden Zug brauchten, saßen sie anscheinend noch an einer Partie, mit der sie in ihrer Jugend begonnen hatten, genau wie die beiden Spieler in der berühmten Erzählung, die – erst als Jünglinge, dann als erwachsene Männer und schließlich als Greise immer vor derselben Schachstellung sitzen; bis der eine den anderen fragt: »Wer ist jetzt dran?«

Eines Abends endlich wurde ich erhört. Nachdem ich in eine mir unbekannte, eher sparsam beleuchtete Straße eingebogen war, ohne auch nur die Spur eines

Lokals zu entdecken, tauchte plötzlich vor mir ein Zeichen mit einem roten Engel auf, der eine schwarze Lilie in Händen hielt. Ich stand vor der Bierstube *Der rote Engel.* Und als ich durch die verrauchten dunklen Scheiben spähte, wollte ich zunächst meinen Augen nicht trauen: ich sah nicht nur ein Schachspiel, sondern Dutzende von Schachspielen waren dort im Gange. Menschen drängten sich um die Tische, an denen gespielt wurde, und ereiferten sich wie bei einem Hahnenkampf.

Ohne es zu wissen, hatte ich hier meine Welt gefunden, eine Welt, deren Existenz ich noch nicht einmal geahnt hatte, da ich glaubte, Schachklubs seien exklusive Orte in unzugänglichen Räumen, zu denen man, wie bei den Freimaurerlogen, nur Zutritt erhielt, wenn man von einem alten Mitglied eingeführt wurde, und in die man nur aufgenommen wurde, wenn man wer weiß welche Prüfungen bestanden hatte. Doch im Gegenteil, ich mußte nur über die Schwelle treten und befand mich in einem der Schachklubs der Stadt. Nicht der renommierteste, sondern der heterogenste, glaube ich, und sicher der lauteste!

An diesem Ort hielt ich mich von nun an dauernd auf. Niemand schien mich jedoch zu beachten. So blieb mir nichts anderes übrig, als mich unter die sogenannten Kiebitze zu mischen, die dicht gedrängt um die Tische standen und sich, wie es ihre Gewohnheit war, lauthals in fast immer haarsträubenden Ratschlägen ergingen. Im Roten Engel war das Schachspiel nichts weniger als eine Disziplin, vielmehr ein schwachsinniger Zeitvertreib, bei dem alle Spielregeln über Bord geworfen wurden, bei dem man von Zigarrenrauch eingehüllt hemmungslos und höhnisch lachte und immer wieder einen Schluck aus dem Bierglas nahm. Nicht selten kam es zu Beschimpfungen und zu einem Handgemenge. Schon bald bemerkte ich jedoch, daß der Klub in zwei klar getrennte Abteilungen aufgeteilt war. Die lustigen Kumpane nahmen die Plätze dicht an der Theke ein, wo sie nicht lange auf Bedienung warten mußten, und mischten sich manchmal unter die Kartenspieler, auch deswegen, weil sie häufig um Geld spielten; die anderen, die Ernsten, Pedantischen, zogen sich in den Hintergrund des Saals, in den ruhigeren Teil des Lokals zurück und konsumierten den ganzen Abend über außer ihrem Gehirn kaum etwas. Zwischen diesen beiden gegensätzlichen Fraktionen herrschte nicht immer ein gutes Einvernehmen; vielmehr fühlte man sich ein wenig an den ewigen Kampf zwischen Aristokraten und Plebejern erinnert. Aber nur beim jährlichen Turnier des Klubs, an dem alle Mitglieder teilnehmen mußten, kam es zur Abrechnung.

Mein erster Gegner war ein etwas sonderbarer Alter mit dem Aussehen eines Alkoholikers. Er war Lumpensammler und selbst in Lumpen gekleidet; zog aber das Beste aus seiner Sammlung an: zwar geflickte Kleidung, doch aus einem guten Stoff, und ausgetretene, aber heile Schuhe.

Wenn er kam, schob er einen Handkarren mit einem Holzkasten darauf vor sich her, der immer mit Lumpen vollgestopft und mit einem Wachstuch bedeckt war, um die Ware vor den Unbilden des Wetters zu schützen. Er stellte ihn in einen kleinen Hof hinter dem Lokal, sicherte ein Rad mit vielen Ketten und Vorhängeschlössern, trat dann selbstbewußt ein und grüßte mit lauter Stimme. Aber meistens achtete niemand auf ihn, man könnte sogar sagen, daß alle ihm lieber aus dem Weg gingen. Diesem Empfang schien er jedoch keine große Bedeutung beizumessen. Er setzte sich an einen Tisch und stellte die Figuren mit großer Zuversicht auf das Schachbrett, als ob er einen Verkaufstisch zurechtmachte; danach begann er auf einen potentiellen »Kunden« zu warten.

Eine Weile versuchte ich mich von diesem Individuum fernzuhalten. Aus der Art, wie er mich ansah, wurde ersichtlich, daß er große Hoffnungen auf mich setzte. Aber warum sollte gerade ich, wenn sonst niemand mit ihm spielen wollte, ihm nachgeben? Doch eines Abends folgte ich, wenn auch widerwillig, seiner expliziten Einladung. Für einen Neuling wie mich war es immer noch besser, als nur beim Spiel der anderen zuzuschauen.

Ich verstand sofort, warum niemand mit ihm spielen wollte. Er hatte alle schlechten Eigenschaften eines Kaffeehausspielers: nicht nur, daß er endlos überlegte, sondern er zögerte auch nicht, seine Figur mit der größten Frechheit wieder zurückzuziehen, wenn er bemerkte, daß er einen Fehler gemacht hatte. Deshalb war es auch fast unmöglich, in den Genuß eines Sieges gegen ihn zu kommen; und außerdem kommentierte er das Spiel mit den verrücktesten Ausdrücken, die aus dem mittelalterlichen Studentenjargon zu stammen schienen.

»Gott sei Dank … *kakkus!*« rief er jedesmal, wenn es ihm gelang, dem König Schach zu bieten; dann brummte er, tief in Gedanken versunken, fortwährend sinnlose Sätze vor sich hin, die für ihn jedoch die gleiche anfeuernde Wirkung haben mußten wie der Trommelwirbel in einer Feldschlacht. »Du, du, Strumpfel Lump …«, wiederholte er ständig in einem ununterbrochenen Singsang, was ihm mit der Zeit diesen Spitznamen einbrachte.

Strumpfel Lump – schließlich nannte auch ich ihn so – spielte nicht besser als ich, aber mit seinem Psalmodieren schläferte er mich ein; außerdem verfügte er über eine Erfahrung, die ihm in den schwierigsten Augenblicken half, und nicht selten konnte er eine aussichtslose Stellung zu seinen Gunsten umbiegen, wobei er mein jugendliches Ungestüm zu seinem Vorteil ausnutzte. Er kam jedoch nicht an jedem Abend; so daß mir, wenn er nicht da war, nichts anderes übrigblieb, als den Zuschauer zu spielen.

Man sah an diesem Ort mit der Zeit dieselben Gesichter immer wieder. Von den vielen prägte sich mir eines besonders ein. Es gehörte demjenigen, der später mein Lehrer werden sollte. Er hieß Tabori und war vielleicht der einzige, der von beiden Fraktionen des Klubs akzeptiert wurde und bei beiden beliebt war.

Ich wollte gern etwas mehr über ihn erfahren, aber Strumpfel Lump war mir in dieser Hinsicht keine große Hilfe. Wenn der Alte vor einem Bierhumpen saß, löste sich seine Zunge, und indem ich zu erraten versuchte, was er in seinen seltenen gesprächigen Momenten faserte, gelang es mir, allmählich alles über die malerischen Gestalten im Roten Engel zu erfahren – doch über Tabori kein Wort. Dennoch war ich sicher, daß die beiden sich kannten, denn die Blicke, die sie tauschten, wenn sie sich am Abend sahen, dauerten gerade so viel länger, daß sie einen

Gruß mit beinhalteten. Und einmal, als er versehentlich seinen Ellbogen etwas zu hoch hob und jene, die um ihn herumstanden, belästigte, hatte ich das deutliche Gefühl, daß es nach den zahllosen vergeblichen Versuchen, ihn zu beruhigen und ihn nach Hause zu schicken, nur eines Blickes von Tabori bedurft hätte, und er wäre kleinlaut aus dem Lokal gegangen. So nahm ich eines Tages meinen Mut zusammen und wagte, als er vor seiner dritten Maß Bier saß, die ich ihm spendiert hatte, eine direkte Frage.

»Und Tabori?« fragte ich.

Bei dieser Frage wachte Strumpfel Lump aus einer Art Halbschlaf auf, und seine immer ausdruckslosen Augen schienen sich zu beleben, wie bei einem, der sich plötzlich am Riemen reißt – zum ersten Mal sah mir der Alte direkt ins Gesicht.

»Bleiben Sie weg von diesem Mann!« donnerte er mit der Miene eines Landpfarrers. »Der ... der hat in der Hölle gespielt!«

Das war alles, was ich über ihn erfahren konnte; es bewirkte nur, daß meine Neugier noch größer wurde.

Tabori war ein kräftig gebauter Mann, dem Aussehen nach etwa sechzig Jahre alt; konnte aber auch sehr viel älter sein. Über seinem Gesicht lag immer ein Schatten, der von einer schlechten Rasur herrührte. Seine Hände jedoch waren sehr gepflegt, und er wählte seine Kleidung recht sorgfältig aus. Außerdem hatte er die Angewohnheit, immer einen Spazierstock zu tragen, der ihm einen etwas altmodischen Anstrich von Raffinesse gab. Er kam pünktlich um halb acht in die Bierstube und begann zwischen den Tischen herumzulaufen. Wenn er sich einem Schachspiel näherte, verstummten selbst die größten Hitzköpfe, und solange er in der Nähe war, bemühten sie sich sogar nachzudenken. Es ging das Gerücht, daß er in seiner Jugend ein großer Spieler gewesen war und den größten Spielern seiner Zeit die Stirn geboten hatte; es sei ihm sogar gelungen, gegen den unschlagbaren Capablanca ein Remis zu erringen. Ich hatte ihn jedoch nicht ein einziges Mal spielen sehen. Er beobachtete nur. Er ging zwischen den Tischen hindurch, auf denen die Spiele im Gange waren, und ähnelte dabei ein wenig dem Chefarzt, der seine tägliche Visite bei den Patienten macht: eine Anamnese hier, eine Prognose dort, viele Verordnungen und selten ein paar Worte der Aufmunterung. Nur manchmal sah ich ihn länger als gewöhnlich in der Nähe irgendeines Schachspiels stehen und es lange intensiv, fast schmerzvoll anstarren.

Eines Tages, als er dabei war, die Schachspiele zu begutachten, hatte er die Güte, bei meinem stehenzubleiben. Ich spielte mit Strumpfel Lump, der sich beim Herannahen von Tabori wohl hütete, seinen Singsang anzustimmen. In diesem Moment befand ich mich in einer kritischen Spielsituation, ich mußte ziehen und konnte mich nicht entscheiden. Ich hatte die Wahl zwischen einem brillanten Zug, wobei ich die Folgezüge nicht mit allen Konsequenzen vorhersehen konnte, und einem einfachen Zug mit dem Bauern, der jedoch meine Stellung gefestigt hätte. Auch wenn der Gegner mich von allen Seiten bedrohte, war ich der Überzeugung, die Situation in der Hand zu haben, und da Tabori hinter mir stand, wählte ich unvorsichtigerweise den Zug, den ich für brillanter hielt. Aber während ich die Figur hochhob, die ich setzen wollte, entfernte sich Tabori, bevor ich noch Zeit gehabt hätte, sie auf das Schachbrett zu setzen. Kurz danach wurde offenkundig, daß mein Angriff verfrüht war.

In dieser Nacht tat ich kein Auge zu. Mir ließ keine Ruhe, daß Tabori Zeuge meines Fehlers gewesen war. In der Erinnerung schmerzte mich noch immer, daß er sich sofort abgewandt hatte. Darin sah ich fast einen Beweis für die Verachtung, die er für mein Spiel empfunden haben mußte. Und dieser Vorfall quälte mich so sehr, daß ich es nicht mehr wagte, ein einziges Spiel zu spielen, wenn er da war.

Ich glaube, in jener Zeit war er der Mensch, den ich am allermeisten bewunderte. Er hatte sich mit den größten lebenden Spielern gemessen und ihnen die Stirn geboten. Für einen Anfänger wie mich war er ein Vorbild, und das ging so weit, daß ich sogar seinen Gang und seine Stimme nachahmen wollte.

Wie gesagt, ich stand am Anfang und befand mich in der schönsten Phase von allem, was man unternimmt: der Phase des Träumens. Ich wußte damals noch nicht, welchen Tribut die Kunst an das Leben, welchen Wucherpreis das Ideal der Materie bezahlen muß …

Ich habe dressierte Tiere bei wundervollen Übungen gesehen, Wesen, die bei aller Eleganz in ihren Bewegungen doch die unauslöschlichen Spuren von unzähligen erlittenen Qualen tragen. Wenn man zur Perfektion gelangt ist – und schon viel früher –, scheint jedes Vergnügen dahin zu sein. Niemals hätte ich mir jedoch vorstellen können, daß ich ausgerechnet durch Tabori die dunkle Seite dieses Spiels kennenlernen sollte. Aber in jener Zeit, ich sage es noch einmal, war ich noch im Traum versunken, und der Gegenstand meines Traums wurde jeden Abend in der Gestalt dieses Mannes zur Wirklichkeit. Von dem Augenblick an, in dem ich den *Roten Engel* betrat, richtete ich es so ein, daß ich die Tür, durch die Tabori pünktlich wie immer eintreten würde, nicht aus den Augen ließ. Es schien, als wachte ich erst dann auf und als würde der Raum durch seine Gegenwart reiner. Ohne daß er es bemerkte – so glaubte ich jedenfalls –, fing ich damals an, ihm hinterherzulaufen. Ich ließ ihn keinen Augenblick allein. Ich beobachtete aufmerksam die Spiele, bei denen er stehenblieb, und manchmal hatte ich das Glück, ihm zuhören zu können, wenn er nach einem Spiel seine Bemerkungen machte. Nicht selten rekonstruierte er eine interessante Stellung, indem er zehn oder fünfzehn Züge zurückging, und zeigte in wenigen Minuten komplizierte Varianten mit siegreichem Endspiel. Er hatte eine merkwürdige Art, die Figuren vom Schachbrett zu nehmen, hielt sie alle nur mit den Fingern einer Hand und stellte sie in der gleichen Reihenfolge und mit so schnellen Bewegungen wieder hin, daß man an die Tricks eines Taschenspielers denken mußte. Wenn man ihm zuhörte, schien einem alles höchst einleuchtend.

Meine Neugier wurde so mächtig, daß ich ihm sogar folgte, wenn er zu einer bestimmten Zeit wegging. Zuerst nur wenige hundert Meter, dann immer weiter. Allerdings nahm er nie denselben Weg, und manchmal blieb er stehen oder schickte sich an, denselben Weg wieder zurückzugehen, und erschwerte so mein Unterfangen. Ich hielt mich im Schutz der Mauern und ging ihm durch die Sträßchen der Altstadt hinterher, aber sosehr ich auch aufpaßte, stets gelang es ihm zu verschwinden. Eines Abends dann fand ich, der Jäger, wenn man so sagen kann, mich als Gejagter wieder. Nachdem ich ihn wie üblich aus den Augen verloren hatte, machte ich mich auf den Rückweg, als ich das Gefühl hatte, meinerseits von jemandem verfolgt zu werden. Mit jedem Schritt wurde dieses Gefühl deutlicher, bis ich bemerkte, daß ich von zwei Menschen beschattet wurde, die sich jedoch weit hinter mir hielten, langsamer gingen, wenn ich langsamer ging, und ihren Schritt beschleunigten, wenn ich versuchte, sie abzuhängen. An einer Stelle bog ich dann in eine Gasse ein, und kaum daß ich um die Ecke war, begann ich loszurennen, da sah ich in der Ferne jemanden auf mich zukommen. Nun glaubte ich mich verloren. Ich verstand nicht gleich, warum, aber an dieser undeutlichen Gestalt nahm ich etwas wahr, das mich wie eine Erscheinung in Panik versetzte. Und ich wäre lieber umgekehrt und hätte mich den beiden Verfolgern hinter mir gestellt, als jenem entgegenzusehen. Je näher er kam, desto weniger traute ich meinen Augen; je deutlicher seine Züge zu erkennen waren, desto eindringlicher sagte ich mir, daß er es nicht sein könne; aber als er in den Schein einer Laterne trat und ich sah, wie er mit einem Lächeln zu mir herüberblickte, verstand ich, daß mein Beschatten bemerkt worden war und daß man mir den Weg über wer weiß welche Abkürzungen abgeschnitten hatte. Es war sinnlos, sich zu verstecken oder weiterzugehen, mir blieb nichts anderes übrig, als aus dem Schatten herauszutreten.

»Es ist heute abend sehr schwül«, bemerkte Tabori ruhig. »Was tun Sie in dieser Gegend hier, junger Mann?«

Ich war stehengeblieben. Ich befand mich auf der anderen Seite der Gasse, es trennten uns nur wenige Meter. Etwa dreißig Schritt hinter mir waren die beiden Männer in einer Toröffnung stehengeblieben. Verwirrt, wie ich war, hörte ich mich eine Lüge sagen. Ich antwortete, daß ich in der Gegend wohnte. Aber Tabori lächelte bei meinen Worten, sicher ließ er sich nicht täuschen. Bildete ich es mir nur ein, oder verbarg sich hinter diesem Lächeln eine Drohung?

»Du folgst mir schon mehrere Abende. Kann ich etwas für dich tun?«

Nun gut, wenn dieser letzte Satz nicht so geäußert worden wäre, wenn auf seine Anklage nicht diese dem Ton nach rein rhetorische Frage gefolgt wäre, wäre ich ganz sicher davongelaufen und hätte Tabori und das Schachspiel für immer vergessen. Doch in diesem Augenblick brachte ich, ermutigt durch eine plötzlich in mir aufsteigende Verwegenheit, die Frage über die Lippen, die ich schon so lange im Kopf hatte. »Meister«, redete ich ihn an, und in diesem Wort hallten die Stimmen all jener wider, die es seit den fernsten Zeiten ausgesprochen hatten, »ich möchte, daß Sie mir das Schachspielen beibringen.«

Seine Überraschung schien echt zu sein. »Und nur deshalb verfolgst du mich also?« sagte er, fast wie zu sich selbst.

Ich nickte heftig; da das Herz meine ganze Kraft aufgesogen hatte, fehlte mir der Atem, auch nur eine Silbe zu sagen.

Tabori lächelte traurig, mit einer Art Mitgefühl für

mich, wie mir vorkam; jede Drohung schien aus seinem Gesichtsausdruck verschwunden. Er machte eine rasche, kaum wahrnehmbare Geste, und die beiden Männer entfernten sich aus ihrem Versteck im Toreingang.

Plötzlich spürte ich, daß er sich unbehaglich fühlte, als ob er sich schämte, wer weiß welchen Verdacht gegen mich gehegt zu haben – daß ich ihn vielleicht berauben oder verprügeln wollte. Aber damals konnte ich noch nicht wissen, welche Ängste ihn plagten.

»Du möchtest also *tatsächlich* Schach spielen?«

»Ja«, bekräftigte ich mit Überzeugung.

Tabori entfuhr ein Lachen. Es war das erste Mal, daß ich ihn lachen hörte; und sein Lachen war kein höhnisches Lachen – wie mir im ersten Moment durch den Kopf ging –, sondern brachte eine innere gefühlsmäßige Zufriedenheit zum Ausdruck, die Zufriedenheit eines Jägers, der seine Beute lange genug gehetzt hat und sie nun endlich packt. Es war ein kurzes Lachen, das, einmal verklungen, auch nur eine Einbildung gewesen sein konnte.

Ich weiß nicht, wie lange wir mitten auf dieser Gasse reglos, ohne ein Wort zu sagen, standen. Tabori schien über meine Bitte nachzudenken. Schließlich gab er mir kopfschüttelnd eine Antwort: »Ich weiß nicht, ich weiß nicht. Ich weiß nicht, ob ich es tun kann. Es hängt sehr von dir ab; wenn dein Wunsch ehrlich ist …«

»Er ist es«, sagte ich.

»Wenn du bereit bist, Opfer zu bringen …«

»Alles, was Sie von mir verlangen.«

Als er mein leidenschaftliches Glaubensbekenntnis

hörte, gab er mir einen Klaps auf den Rücken und ging weg.

Überflüssig zu sagen, mit welcher Angst ich auf die Antwort von Tabori wartete. Im Klub vermied ich es natürlich, ihm nachzustellen, wie ich es bis dahin getan hatte. Ich verhielt mich so, als würde ich ihn nicht einmal kennen. Ich wollte ihn nicht drängen. So verging fast ein Monat. Eines Abends, als ich schon fast verzweifelte, kam er zu mir, gab mir eine Karte mit einer Adresse und einem in Tinte geschriebenen Satz: »Sonntag morgens um zehn.«

Das aufreibende Warten auf den Sonntag fand schließlich ein Ende, und nach einer schlaflosen Nacht ging ich zu der Verabredung.

Es war ein Herbstmorgen, es regnete heftig. Ich kam eine halbe Stunde zu früh und verbrachte sie damit, in der Gegend herumzulaufen. Die Adresse auf der Karte, die ich in der Tasche hatte, führte mich zu einem baufällig wirkenden vierstöckigen Mietshaus. Letztlich sehen die Dinge immer anders aus, als man sie sich vorgestellt hat; nie und nimmer hatte ich einen solchen Ort erwartet. Dieses Gebäude schien das einzige Überbleibsel eines unerbittlichen städtischen Wandels zu sein, der im Laufe der Jahre alles ringsum abgerissen hatte und das Gebäude nackt oder, könnte man sagen, als letztes Tortenstück auf einer Platte hatte stehen lassen, und so sah es auch aus, wie es dort steil emporragte und wie ein Keil eine Straße in zwei Gassen trennte, die es seitlich einschlossen. Der einzige Eingang zu dem Mietshaus schien der zu einem Hotel zu sein: Pension Fischer, wie das zerbrochene Schild verriet; sonst sah man in der Straße nur noch die heruntergelassenen Rolläden von einst florierenden Läden: eine Buchhandlung, eine Drogerie, eine Schneiderei ... Aber über diese vor langer Zeit von pulsierendem Leben erfüllten Orte hatten sich Staub und Rost des Vergessens gelegt. Der einzige Laden, wo noch Waren im Schaufenster lagen, war der eines Trödlers, auf dessen Scheiben in dunklen Buchstaben der Name Tabori stand.

Während ich darauf wartete, daß es zehn schlug, so erinnere ich mich, hielt ich vergeblich durch die Scheibe bis in die dunkelsten Winkel hinein mitten in dem ganzen Kram Ausschau nach irgendeinem kostbaren Schachbrett: Wenn man unter dem Einfluß einer Leidenschaft steht, will man, daß die ganze Welt immer und überall deren Zeichen und Symbole zeigt. Zu meiner großen Enttäuschung sah ich aber nur übereinandergestapelte, wertlose Gegenstände, eine Menge Kommoden in allen Formen und Größen, über den Laden verteilt, und ein Weihwasserbecken, Betstühle und Haufen von bronzenen Kruzifixen und siebenarmigen Leuchtern – fast wie die zurückgelassene Beute einer Horde von Bilderstürmern.

Es regnete immer stärker. Ich lief um das Haus herum, um zu sehen, ob es nicht noch andere Eingänge gab, aber ich konnte keinen entdecken. Auf der Rückseite wurde das Gebäude von Eisenträgern gestützt, als sei es vom Einsturz bedroht; man mußte an einen riesigen Bühnenhintergrund denken. Mir blieb nichts anderes übrig, ich mußte an der Tür der Pension klingeln, deren Nummer mit der auf meiner

Karte übereinstimmte. Aber sosehr ich auch auf den Klingelknopf drückte und ein schwaches Läuten im Haus erzeugte, die Tür blieb eigensinnig geschlossen. Ich versuchte es immer wieder, klopfte auch an die Tür, bis nach langer Zeit ein Fenster im ersten Stock langsam geöffnet wurde und das Gesicht eines alten, völlig kahlköpfigen Mannes erschien, der mir in grobem Ton sagte, daß das Hotel wegen Renovierung geschlossen sei.

»Ich möchte zu Tabori!« rief ich laut. »Er hat mir diese Adresse gegeben.«

Aber er verstand mich scheinbar nicht. »Es ist geschlossen«, sagte er noch einmal. Schließlich, als ich zum zigsten Male aus voller Kehle wiederholt hatte, daß ich zu Tabori wollte, und dabei auffällig die Karte hin und her schwenkte, die sich im Regen in ein unförmiges Aquarell verwandelt hatte, war die einzige Antwort, daß sich das Fenster schloß, und ich blieb im Regen stehen. In meiner Verzweiflung drückte ich wieder mit aller Kraft auf die Klingel und klopfte an die Tür, trat zum Schluß sogar mit den Füßen dagegen. Endlich hörte ich Schritte näher kommen, und es klang, als ob jemand schwere Holzschuhe an den Füßen hätte; und dieses Mal wurde die Tür geöffnet.

»Es besteht kein Grund, einen solchen Heidenlärm zu machen!« fuhr mich der Mann grob an. Es war derselbe, der sich am Fenster gezeigt hatte. Welch gravierender Vorwurf, da er von einem eindeutig schwerhörigen Mann kam!

Er ließ mich eintreten, schloß hinter mir die Tür und legte die Kette vor. Ich stand nun triefnaß in der ehemaligen Rezeption eines Hotels, das seit Jahrzehnten sicher niemanden mehr beherbergt hatte. Es war jedoch alles an seinem Platz geblieben, von den dicken Gästebüchern auf dem Tresen bis zu den Schlüsseln mit den Nummern, die ordentlich in ihren Holzkästchen hingen; in einem Fach waren sogar noch vergilbte Briefe, die keiner abgeholt hatte. Im kleinen Wartesaal standen an vielen Stellen zerschlissene Sessel um ein niedriges Tischchen, auf dem sich ein Plastikaschenbecher mit einem Zigarrenstummel befand. Die einzigen Zeugnisse von Lebewesen waren hier ein alter Regenmantel an einem Garderobenständer und ein ungewöhnlich eleganter Gegenstand in einem Schirmständer: ein Spazierstock aus spanischem Rohr mit einem Messinggriff in Form eines Windhundkopfes.

Der Mann ließ mir nicht viel Zeit, mich umzuschauen. Er machte mir ein Zeichen, ihm zu folgen. Zu meiner großen Überraschung bemerkte ich, daß er wie ein Etagendiener eine gestreifte Schürze umgebunden hatte, die in dieser Trostlosigkeit anachronistisch wie ein mittelalterliches Kostüm wirkte.

Als wir am Ende des einstigen Speisesaals ankamen, der jetzt als Lager für Tische und Stühle diente, die bis zur Decke gestapelt waren, blieben wir vor einem kleinen Dienstbotenaufzug mit einer schmiedeeisernen Tür stehen. Er bedeutete mir einzusteigen, und nachdem er mich in diese enge Kabine eingeschlossen hatte, wies er mich an, den obersten Knopf zu drücken. Der Aufzug setzte sich mit aufreizender Langsamkeit in Bewegung. Ich fuhr in den vierten Stock hinauf, und in jedem Stockwerk bot sich mir dasselbe Bild: abgenutzte und fleckige Läufer und offene Türen leerer Zimmer. Die Tapeten hingen in Fetzen herab, und überall lagen Matratzen und Stapel von Handtüchern und Laken, die einen starken Schimmelgeruch ausströmten.

Der Aufzug hielt mit einem angsteinflößenden Ruck an. Das Aussteigen glich dem Ausbruch aus einem Käfig. Vor mir lag wieder ein Korridor mit einem weinroten Läufer genau wie in den anderen, und am Ende sah ich einladend eine halbgeschlossene Tür. Ich legte den Weg bis dorthin zurück, doch am Eingang zögerte ich, denn das Zimmer lag im Halbdunkel; das einzige Licht, das durch dicke Samtvorhänge drang, stammte von dem grauen Oktobertag. Als ich mich an das Halbdunkel gewöhnt hatte, versuchte ich, mit meinen Blicken den Raum, den ich soeben betreten hatte, zu durchdringen.

Ich hörte die ungewöhnlich herzliche Stimme Taboris. »Komm nur herein, mein Sohn. Hast du die Bekanntschaft von Boris gemacht? Du mußt wissen, er ist ein wenig schwerhörig.« In der Tat, das hatte ich bemerkt. »Schließ die Tür und setz dich. Den Mantel kannst du dort in der Ecke aufhängen.«

Ich tat, was mir die Stimme von Tabori befohlen hatte, er selbst blieb unsichtbar. Durch einen Vorhang hinten im Zimmer drangen Geräusche, und ich vermutete dahinter eine kleine Küche. Er tauchte auch kurz danach mit einer dampfenden Teekanne auf. »Hast du schon gefrühstückt, Hans?« Es war das erste Mal, daß er meinen Namen sagte. »Möchtest du Tee, Zwieback?«

Ich antwortete ihm, daß ich bereits gefrühstückt hatte. »Dann entschuldige mich, ich habe heute noch nichts gegessen.« Und bevor er zurückging, fügte er hinzu: »Sieh dich inzwischen ungeniert um.«

Und als ich allein war, sah ich mich also um. Nach der Größe des Zimmers zu urteilen, in dem ich mich befand, hatte das Appartement im letzten Stock im Vergleich zu den engen Zimmern im übrigen Hotel das Flair einer kaiserlichen Suite, dennoch hatte man den Eindruck, sich in einem riesigen Trödelladen zu befinden. Denn die verschiedenartigsten Möbel standen dort, und für mich sah es so aus, als hätten sich die Nippessachen in sie hineingeflüchtet. Sie waren in einer systematischen Unordnung aufgestellt, als wären sie zunächst in einer gewissen logischen und vernünftigen Anordnung aufgereiht worden und als hätte sich erst danach jedes Stück daran gewöhnen müssen, neuen Gästen Platz zu machen und nicht selten anderen Gegenständen als Stütze zu dienen, die wiederum andere tragen mußten. In einer solchen Unordnung konnte nur ein verzweifelter Irrer leben oder … ein Schachgenie. Wenn der Trödelladen, den ich unten gesehen hatte, tatsächlich ihm gehörte, so hatte er wahrscheinlich die besten Sachen für sich behalten und nur den Schund zum Verkauf angeboten. Das Zimmer war sicher einst behaglich gewesen. Auf dem Boden lagen überall dicke antike Teppiche, und die Stilmöbel waren offensichtlich kostbare Stücke. Mittendrin stand ein Stutzflügel wie eine Insel, und auf dem zugeklappten Deckel waren Dutzende von Bilderrahmen in allen Formen und Größen aufgestellt. An den Wänden standen übervolle Holzregale mit Büchern und Heften. Ich nahm einige in die Hand und blätterte darin: Es waren gebundene Zeitungsseiten, eine imposante Sammlung von Zeitungsausschnitten über das Schachspiel, alles war gesammelt worden, bis hin zur kleinsten Glosse, die in der einen oder anderen Weise dieses Spiel erwähnte. Schließlich blieb ich voller Entzücken vor einer buchstäblich mit Bildern tapezierten Wand stehen. Dort hingen Ölbilder, Zeichnungen, Aquarelle, Temperabilder, die sofort an Namen wie Chagall, Munch, Kandinsky denken ließen, und wenn es auch keine bekannten Bilder waren, so war der Stil jeweils unverkennbar. Ich dachte natürlich an gut gemachte Fälschungen; wenn es sich um echte Bilder handelte, wäre dies eine Sammlung von unschätzbarem Wert. In die Betrachtung dieser wundervollen Bilder vertieft, bemerkte ich nicht, wie Tabori hinter mich trat.

»Gefallen dir Gemälde?«

»Ich besuche die Hochschule für bildende Künste!« rief ich nicht ohne einen gewissen Stolz aus; auch wenn ich bei den dürftigen Ergebnissen bis zu diesem Zeitpunkt sicher nicht stolz auf mich sein konnte. »Es sind doch keine echten?« fragte ich. Ich wollte nur eine geistreiche Bemerkung machen und rechnete nicht damit, daß das Gegenteil der Fall war. Er sagte: »Alle echt, vom ersten bis zum letzten.« Als er mein Erstaunen sah, zwinkerte er und fügte hinzu: »Auch wenn es besser ist, nicht groß darüber zu sprechen.«

Dann setzte sich Tabori auf einen Hocker, während er mich stehen ließ, und begann mit einer ruhigen, aber genauen Befragung. Er schien nur eine Bestätigung für Dinge zu suchen, die er bereits wußte, und ich hatte den Eindruck, daß er eine gewisse Befriedigung unterdrückte, als er von mir selbst hörte, daß ich Waise war und keine anderen Verwandten als meine Großmutter hatte.

»Du mußt wissen«, sagte er zu mir, »als Kind brauchte ich einem Menschen, der mir gegenübersaß, nur auf die Stirn zu schauen, und ich wußte, wie sehr das Schachspiel ihn bereits in seinen Bann gezogen hatte.« Scheinbar bereute er es, mir diese vertrauliche Mitteilung gemacht zu haben, denn er klatschte in die Hände, als wolle er mich ablenken. »Gut!« rief er aus. »Jetzt wartet die Arbeit auf uns. Es gilt, einen Meister aus dir zu machen.« Er betrachtete mich von oben bis unten, als ob er überlegte, welches Kostüm ich in meiner neuen Rolle anziehen sollte. »Ach, übrigens ... willst du lieber ein Held oder ein Antiheld sein?«

Ich verstand nicht, was er meinte. Darauf versuchte er mir den Gedanken zu erklären. »Also, paß auf«, sagte er, »nach Meinung des Psychoanalytikers Reuben Fine, der lange Zeit einer der größten Spieler der Welt war, gibt es zwei gegensätzliche Spielertypen. Einerseits den Helden, der keine andere Religion, kein anderes Lebensziel als das Schachspiel hat; jede Befriedigung, jedes Vergnügen holt er sich aus dem Schachspiel und den Siegen, die er dabei erringt. Und umgekehrt schließen die erlittenen Niederlagen alle Formen des Schmerzes und der Todesangst ein. Der Held kann sich das Leben nicht ohne das Schlachtfeld, das Schachspiel, denken, er kann nicht leben, ohne zu kämpfen, nur das hält ihn am Leben, und wenn seine Überlegenheit abzunehmen beginnt, verliert er alles Interesse an dem, was um ihn herum vorgeht. Von dem Augenblick an existiert für ihn nichts anderes mehr, und er vergeht, wenn nicht in seiner physischen Existenz (mag der Tod auch erst Jahrzehnte später eintreten), so zumindest als Persönlichkeit. Das ist natürlich der riskantere Weg ...«

Taboris Worte beunruhigten mich, weil sie genau meine Symptome beschrieben; und er sprach mit einem Ernst darüber, als handele es sich um eine schreckliche Krankheit. Wieweit hatte ich mich schon angesteckt? Aber mir blieb noch eine Hoffnung.

»Und der Antiheld?«

»Der Antiheld kann ebenfalls ein großer Spieler werden, sogar ein Weltmeister, wie Lasker, nur, daß er nicht prädestiniert ist; er verkauft seine Seele nicht bedingungslos an den Teufel, sondern setzt einige Klauseln zu seinen Gunsten in den Vertrag. Er lebt nicht *allein* für das Schachspiel, verstehst du? Er ist ein Mensch, und als solcher sichert er sich Entscheidungsfreiheit. Lasker zum Beispiel war auch Mathematiker, Philosoph, erfreute sich an der Musik und war, glaube ich, auch ein sehr guter Bridgespieler.«

Dieser zweite Charakter schien mir geeigneter. Schließlich liebte ich die Malerei, gefielen mir die Mädchen ... dennoch, wenn ich im Spiel verlor, glaubte ich zu sterben.

Tabori fuhr fort, als hätte er meine Gedanken gelesen: »Ich hoffe für dich, daß du zur zweiten Kategorie gehörst. Aber vielleicht ist es noch ein wenig zu früh, darüber zu sprechen. Auf jeden Fall wirst du es selbst bemerken.« Dann sagte er fast zu sich selbst einen mysteriösen Satz: »Ich hoffe«, sagte er, »daß bald der Zeitpunkt erreicht ist, an dem die Menschenrasse alle Stämme von Halbgöttern ablösen wird.«

Ich hatte keine Gelegenheit mehr, über den Sinn

dieser letzten Worte genauer nachzudenken, weil er mir ein Zeichen machte, ihm zu folgen.

Er ging zur Tür, die sich am anderen Ende des Zimmers befand. Als ich am Flügel vorbeikam, schaute ich kurz auf die kostbaren Bilderrahmen, und als ich die Fotos darin sah, lief es mir kalt den Rücken herunter.

Tabori führte mich einen Flur entlang – auf seiner ganzen Länge lag ein Läufer mit buntem orientalischen Muster –, bis wir in ein kleines, vollständig kahles Zimmer kamen, das von einer Art Oberlicht erhellt wurde. Mitten im Raum erhob sich auf einem Podest düster ein quadratischer Tisch, auf dem in der Mitte ein metallenes Schachbrett stand; die Figuren darauf waren ebenfalls aus Metall. Es sah aus wie eine Richtstätte: für einen Verurteilten, der spielen mußte, »bis ihn der Tod erlöste«. Diese Schachfiguren waren aus zweierlei Legierungen gegossen, die einen bronzen, die anderen silberfarbig, und obgleich es wertvolle Arbeiten waren, strahlten sie einen kalten Glanz aus; sie hatten weder die Glätte des Lacks noch die Wärme des Holzes: sie sahen vielmehr nackt aus, sozusagen auf das todbringende Wesen einer blanken Waffe reduziert.

Die Figuren befanden sich in einer komplizierten Stellung mitten in einer Partie, die mir irgendwie bekannt vorkam.

»Erkennst du sie?« fragte Tabori mich.

»Ich weiß nicht, mir scheint …« Ich konnte mich nicht gleich erinnern, aber kurz darauf, als ich sie genauer betrachtete, erkannte ich plötzlich die Partie, die ich an jenem Abend gespielt hatte, an dem Tabori zu mir gekommen war und ich in meinem Ungestüm seine Erwartungen enttäuscht hatte. Ich war fassungslos angesichts der Tatsache, daß ein Blick genügt und er eine derart komplexe Stellung im Kopf behalten hatte, und ich bildete mir etwas darauf ein, daß er sie interessant genug gefunden hatte, um sie sich einzuprägen.

»Ich hätte den Bauern setzen müssen«, gab ich mit einem Anflug von Reue zu.

»Allerdings, du hattest es zu eilig, zu gewinnen. Du bist in die Falle deiner eigenen Eitelkeit getreten. Aber nimm einmal nur einen Augenblick lang an, daß du um einen sehr hohen Einsatz gespielt hättest, sag mir, wärest du das Risiko eingegangen?«

»Ich glaube nicht.«

Ich betrachtete die Figuren auf dem Schachbrett, und jetzt, da ich unter keiner nervlichen Anspannung stand, sah ich deutlich, wie einfach es gewesen wäre zu gewinnen. Wenn ich mit dem Bauer gezogen hätte, wenn ich diesen einfachen Zug gemacht hätte, hätte ich eine uneinnehmbare Verteidigungsstellung gehabt, und mein Gegner hätte sich unversehens, trotz der gleichen Anzahl an Figuren, in Zugzwang befunden, wo jeder Zug zu seinem Nachteil ausgefallen wäre.

Tabori fuhr fort: »Schach ist trotz allem ein Spiel, wenn auch ein besonderes, und wie in jedem Spiel muß es einen Einsatz geben. Je größer der Einsatz ist, desto größer wird deine Aufmerksamkeit sein. Für einige Menschen reicht die Furcht vor einer Niederlage als Antrieb aus, aber nicht alle haben den maßlosen Stolz eines Helden, nicht alle leiden unter der eigenen Niederlage mit der gleichen Intensität, und der Schmerz beim Verlieren ist sehr kurz und schnell vergessen; darüber hinaus kann er durch zahllose Entschuldigungen wie Zerstreutheit, Müdigkeit, zu große Siegesgewißheit angesichts eines schwächer eingeschätzten Gegners gelindert werden... Und dann gibt es die geborenen Verlierer, die ständig die Katastrophe vor Augen haben.«

Ich wollte ihn davon überzeugen, daß mein größter Fehler die Ungeduld sei, aber Tabori war nicht der Meinung.

»Deine Schwäche ist die Unaufmerksamkeit!« rief er und sprach dabei das letzte Wort wie eine Verurteilung aus. »Und nicht nur deine. Sie ist der größte Fehler jedes Spielers. Und wenn ich von Aufmerksamkeit spreche, dann meine ich etwas viel Größeres, als man im allgemeinen darunter versteht. Die Priester der Maya maßen sich bei ihren heiligen Festen in einem Spiel, das dem modernen Pelota ähnlich war, aber beim Fangen und Werfen des Balls war ihnen bewußt, daß ein Fehler bei einem von ihnen genügt hätte, und die Sonne wäre in den Abgrund gestürzt. Das ist die *Aufmerksamkeit,* von der ich spreche! Als ob der Spieleinsatz dein Leben ist, oder, besser gesagt – denn du könntest ein potentieller Selbstmörder sein –, auch das Leben der dir nahestehenden Menschen. Alles übrige: die Strategie, die Taktik, das Studium der Eröffnungen und des Endspiels, das alles ist überflüssiges Beiwerk, wenn diese Form der Aufmerksamkeit fehlt. Und ich spreche natürlich von einem hochrangigen Spiel, vom Spiel eines großen Meisters – ich meine nicht die elenden Darbietungen, die ich in unserem Klub oft anzuschauen gezwungen bin ...«

Tabori saß mir schon eine ganze Welle gegenüber,

aber mir war, als sähe ich ihn in diesem Augenblick das erste Mal, als ob die Worte, die er gerade gesprochen hatte, sein Aussehen verändert hätten.

Er trug einen seidenen Schlafrock mit Schnüren aus Goldfäden und Pantoffeln mit leicht nach oben gebogenen Spitzen, was ihm das Aussehen eines Orientalen gab. Seine Wangen hoben sich gegen die Blässe seiner Stirn dunkel ab, als seien sie mit Kohlenstaub bedeckt. Obwohl er sich frisch rasiert hatte, zeichnete sich der Bartansatz bis zum Jochbogen hinauf überdeutlich ab; wenn er den Bart hätte wachsen lassen, hätte der sein Gesicht geschmückt, dicht und lockig wie der Bart des Gilgamesch; mir, der ich fast blond war und einen schwachen Bartwuchs hatte, raubte dieses Merkmal jede Hoffnung, ihm eines Tages zu gleichen.

Während er sprach, hatte er bereits damit begonnen, die Figuren wieder in die Ausgangsposition zu stellen, was mich glauben ließ, daß er mir die erste Schachlektion geben wollte. Das tat er auch, aber nicht in der Weise, wie ich es mir vorgestellt hatte. Als er die letzte Figur auf dem Schachbrett aufgestellt hatte, nahm er die eigene Dame aus dem Spiel und sagte: »Du hast Weiß. Du fängst an.«

Er verschaffte mir eine unglaubliche Vorgabe; denn ohne Dame zu spielen ist fast so wie Boxen mit einer auf den Rücken gebundenen Hand. Die Sache an sich schien mir schon beschämend genug, aber offensichtlich hielt Tabori das eigene Handikap noch nicht für ausreichend. Zu meinem Entsetzen drehte er den Stuhl um, auf dem er saß, und mir den Rücken zuwendend, erklärte er, er verzichte darauf, das Spiel zu sehen. Ich sollte ihm die Koordinaten jeder Figur, die ich zog, angeben, und er wollte es ebenso machen; und ich wiederum mußte auf dem Schachbrett die Figuren von uns beiden setzen. Wenn mich dieser Vorschlag anfänglich gedemütigt hatte, so amüsierte er mich dann paradoxerweise. Er spielte sozusagen nicht nur mit einer Hand auf dem Rücken, sondern auch mit einer Binde vor den Augen. Seine Herausforderung bekam für mich etwas Wunderbares.

Ich begann mit dem Spiel. Ich dachte, ihn schlagen zu können, wann und wo ich wollte. Einen Augenblick lang durchzuckte mich sogar der Gedanke, ihn betrügen zu können. Wir spielten ohne zeitliche Begrenzung. Tabori wandte mir den Rücken zu. Hin und wieder zündete er sich eine Zigarette an. Wahrscheinlich sah er an der weißen Wand vor sich mehr als ich auf dem Schachbrett. Die Partie endete erst am späten Nachmittag, als Tabori verkündete, daß er einen Weg gefunden hatte für einen zwingenden weiteren Verlauf des Spiels, der nach sieben Zügen mit dem Sieg enden würde. Und da er mir noch immer den Rücken zukehrte, mußte ich – Ironie des Schicksals – den Beweis für diese Behauptung in allen Einzelheiten bis zum Schachmatt ausführen.

Das war also die erste strenge Lektion, die mir mein Meister erteilt hatte, eine Lektion, die meine Selbstachtung zerstörte. Wenn ich auf eine solche Weise geschlagen werden konnte, wieviel Lichtjahre trennten mich dann von dem angestrebten Ideal?

Ich verließ das Haus, als ob ich aus einem Alptraum erwachte, der mich aber noch weiter quälte. Ich erinnere mich an überhaupt nichts mehr, weder an den Abschied noch an den Weg nach Hause in meine Studentenbude. Ich beneidete meinen Zimmergenossen, der einen Springer nicht von einem Läufer unterscheiden konnte, nahm meine Kunstgeschichtsbücher zur Hand und fand einen bitteren Trost in dem Gedanken, daß Schachspielen schließlich nicht alles im Leben ist.

Mehrere Tage lang litt mein Stolz unter dieser Kränkung. Für das Schachspiel empfand ich nur noch einen grenzenlosen Ekel. Ich brauche nicht zu sagen, daß ich nicht in den Roten Engel ging.

Sicher wäre meine Karriere die kürzeste in der Geschichte des Schachs gewesen, wenn ich meinem augenblicklichen Impuls gefolgt wäre. Aber Sie wissen wie ich auch: wir können nicht selbst entscheiden, wie und wann wir das Schachspiel aufgeben – denn es beherrscht uns. Auf jeden Fall kehrte ich nicht so bald wieder in den Klub zurück und wollte eine Zeitlang das Spiel nicht einmal sehen. Schließlich machte ich mir eines Tages wieder auf dem Schachbrett zu schaffen. Ich versuchte, Zug um Zug die Partie nachzustellen, bei der ich eine so demütigende Niederlage erlitten hatte. Ich kam zu dem Schluß, daß ich ein Idiot gewesen war, wenn die Partie wirklich so verlaufen war, wie ich mich erinnerte. Das war nicht mein Spiel! Eines jedoch war sicher: ich mußte alles noch einmal genauer durchdenken. Ich zog mich zurück und nahm einige Bücher über dieses Thema zur Hand, die mir mein Vater hinterlassen hatte und die ich bis dahin in meiner Überheblichkeit als überflüssig angesehen hatte. Auf diese Weise studierte ich nun die Spiele der großen Meister, versuchte, mir ihre Geheimnisse anzueignen; und als ich nach einigen Wochen eifrigen Studiums wieder in den Klub ging, schien die Wunde soweit verheilt zu sein, daß ich gegen jeden antreten konnte, sogar gegen Tabori – und diesmal würde ich die Dame aus dem Spiel nehmen und ihm die Vorgabe einräumen!

Aber er war nicht da. Seit über einer Woche hatte ihn niemand mehr gesehen. Irgendeiner sagte, er sei in die Schweiz zu einem wichtigen Turnier gefahren, andere behaupteten, er mache eine Kur. Ich ging zur Pension Fischer, wo mir derselbe Mensch öffnete, der schwerhörige Boris, der keineswegs erfreut wirkte, mich zu sehen. Er sagte mir, Tabori sei abgefahren, ohne eine Nachricht zu hinterlassen, wann er zurückkomme. Ich wollte schon weggehen, als er mich rief und mir einen Umschlag gab, den Tabori ihm für mich gegeben hatte und auf dem stand: »Damit Du besser nachdenken kannst.« Im Umschlag fand ich nur eine gefaltete Seite aus dem Lokalteil einer Zeitung. Ein Artikel hatte eine rot unterstrichene Überschrift. Darin wird berichtet, ein Unglück sei in der Stadt geschehen, ein Bus mit Schülern sei von einer Brücke herabgestürzt, und es hätte dabei zwei Tote und Dutzende von Schwerverletzten gegeben. Ich las den Artikel immer wieder, fand aber weder zu mir noch zu Tabori einen Bezug, schon gar nicht zum Schach. Ich wußte nicht, was ich davon halten sollte. Ich war schon fast geneigt zu glauben, daß es sich um einen Irrtum handelte, als ich auf der Rückseite einen in winzigen Buchstaben geschriebenen, aber gut lesbaren Satz sah. Einen Satz, der mir mehrere Nächte lang den Schlaf rauben sollte. Er lautete: »Und wenn der Grund all dessen Deine Unaufmerksamkeit gewesen wäre?«

Ich weiß nicht, wie viele Tage dieser Satz (besser

gesagt, diese Anklage) in meinem Kopf widerhallte. Ich verstand sehr wohl, daß er nicht wörtlich gemeint war, sondern symbolische Bedeutung hatte. Trotzdem wirkte die verleumderische Kraft dieses Satzes in mir sofort, die metaphysische Furcht, unser Verhalten oder auch nur unser Denken könnte unbewußt Katastrophen herbeiführen, ließ mich meinen Kummer nicht vergessen.

Ich konnte es gar nicht abwarten, Tabori selbst um eine Erklärung zu bitten, aber seine Abwesenheit zog sich in die Länge. Soweit ich wußte, war das Turnier in der Schweiz schon längst zu Ende, doch von ihm keine Spur.

Unverhofft tauchte er dann eines Abends im Klub auf, von allen Mitgliedern, die sich sofort um ihn scharten, mit Applaus begrüßt. Mit Hilfe eines Schachbretts an der Wand, das zur Ausstattung des Roten Engels gehörte, zeigte und erklärte Tabori uns einige der schönsten Partien, bei denen er zugeschaut hatte. Darin gab es keine Irrtümer oder Flüchtigkeitsfehler, der Sieg wurde vielmehr durch das Abwägen anscheinend ungreifbarer Werte errungen. Tabori schenkte mir bei dieser Gelegenheit das Buch des Turniers mit der Sammlung aller Spiele und lud mich ein, am kommenden Sonntag zu ihm zu kommen – natürlich nur, wenn ich es wollte.

Wenn ich in der Zwischenzeit auf nichts anderes gewartet hatte als auf seine Rückkehr, um ihn nach einer Erklärung seiner sibyllinischen Nachricht zu fragen, war ich jetzt, da ich mich wieder in seinem Haus befand, fest entschlossen, nicht die kleinste Anspielung darauf zu machen. Ich vermutete, daß er das von mir erwartete. Im übrigen mußte ich zugeben, daß ich in diesen Tagen, während ich über den Satz nachdachte, ein Erwachen der Aufmerksamkeit in mir bemerkt hatte, jener *Aufmerksamkeit,* von der er mit so großem Ernst gesprochen hatte und die nicht nur das Schachspiel betraf, sondern sich auf die umliegende Welt ausdehnte. Es ging darum, zu *sehen,* und nicht nur darum, zu *betrachten,* ein Ziel, das übrigens viele Philosophien anstreben. Ich vermutete, daß all dies zu seinem Unterricht gehörte und daß er von mir sicher erwartete, daß ich es vorbehaltlos akzeptierte.

Es war wieder ein Sonntag, wieder ein regnerischer Sonntag, und das Ritual lief unverändert ab, einschließlich des langen Wartens auf der Straße. Ich befand mich wieder im selben Zimmer, hatte meinen Mantel ausgezogen, und Tabori wirtschaftete in der Küche.

Dieses Mal wurde ich von einer Sache angezogen, die ich noch nicht genau betrachtet hatte. Ich ging zum Flügel hinüber, um mir die Gesichter in den kostbaren Rahmen anzusehen. Das erste Mal hatte ich mich zurückgehalten, als fürchtete ich, ein stillschweigendes Verbot zu durchbrechen. Ich weiß nicht, warum ich jedesmal, wenn ich mich dorthin wandte, ein Gefühl plötzlicher Leere empfand. Ich trat näher, konnte mit Mühe ein Zittern beherrschen, das mich von Kopf bis Fuß überkam, und blieb bei ihrem Anblick reglos stehen.

Die Fotografien standen zwar in Gruppen geordnet da, als gehörten sie zu einer zahlreichen Familie, schienen jedoch unter sich völlig verschieden; sie hatten nichts gemeinsam, außer dem blinden Glanz, wie ihn nur die Bilder von Verstorbenen haben; ansonsten konnte keine Verwandtschaft zwischen dem blassen Oval dieser jungen Lehrerin und dem Gesicht jenes schnurrbärtigen Bauern bestehen; und auch nicht zwischen der korpulenten einfachen Frau aus dem Volk und dem sanftmütigen bebrillten Philosophen… Und dennoch gab es zwischen ihnen etwas Gemeinsames. Wieviel waren es? Vierzig oder mehr… Und diese merkwürdige Vielfalt der Physiognomien, der Rassen, der Gestalten, der Kulturen… Wenn es etwas gab, das sie vereinte, so war es der Hauch des Tragischen; selbst das Papier schien gelitten, sich zusammengerollt zu haben, verletzt zu sein – befleckt, hätte man sagen können – durch Dreck oder Blut.

Ich fragte mich, was sie für ihn darstellten. Sicher etwas Wichtiges, nach der Sorgfalt zu urteilen, mit der er diesen kleinen Friedhof der Erinnerung angelegt hatte, über den mein Blick immer wieder schweifte. Mir war, als wäre ein Geheimnis darin verborgen, das von mir gelöst werde wollte. Es gibt jedoch Dinge, die man ohne Hilfe der Augen erfassen kann. Allmählich, während ich weiter in diesen Wald von Gesichtern eindrang, wie auf der Suche nach einem Weg, der mich irgendwohin führen sollte, packte mich wieder, allerdings stärker, dasselbe unangenehme Gefühl, etwas aufgeben zu müssen, und zwar nicht nur ein Stück, sondern einen großen Bereich meines Wesens, der sich immer weiter ausdehnte, dunkel und wandelbar wie ein Moor. Und in diesem Augenblick – ich weiß nicht, was ich sah oder was ich erahnte – schoß mir das Blut in den Kopf wie ein Paukenschlag, und im Hintergrund dessen, was ich zu sehen meinte, zog rasch eine

Szenenfolge von unglaublicher Grausamkeit vorüber, entsetzliche, widerwärtige Szenen in einer Abfolge, die kein Ende zu nehmen schien. Das tosende Blut betäubte mich; es war, als ob aus diesen Gesichtern ein Chorgesang emporstiege, als ob ein starker Lebenswille sie unverhofft wiederbelebt hätte.

Mir gelang es noch rechtzeitig, einen Schritt zurückzutun, bevor Tabori eintrat. Ich hatte nicht beim Herumschnüffeln entdeckt werden wollen, aber nun war es geschehen. Meine Verwirrung ließ sich nicht verheimlichen. »Sie sehen dort einen Altar«, sagte er mit ernster Miene. »Er ist für die Abwesenheit, für den Tod des Geistes errichtet worden.«

Er bedeutete mir, ihm zu folgen, und als wir am Flügel vorbeigingen, blieb er einen Augenblick stehen und schaute auf die Fotografien, als kontrollierte er, ob auch alle an ihrem Platz waren.

Wir gingen wieder in die Zelle. Dort stand das Schachspiel noch in derselben Aufstellung, in der wir es das letzte Mal zurückgelassen hatten. Als ich das sah, wurde mir fast schlecht. Tabori bat mich, die Figuren aufzustellen …

Ich habe vergessen zu sagen, daß diese aus Metall gegossenen Figuren schwer und wuchtig und unten nicht glatt waren, sondern einen Vorsprung hatten, der so groß war wie die Zündkapsel einer Patrone; und die Schachfelder hatten eine Aushöhlung in der Mitte, in die der Vorsprung genau hineinpaßte, so daß man eine Figur nur genau in die Mitte eines Feldes setzen konnte.

Zu meiner großen Überraschung wollte Tabori mit gleichen Waffen spielen und mir nicht einmal die

Vorgabe eines Bauern lassen. Diese unvermutete Achtung vor mir erfüllte mich mit Stolz; ich begann das Spiel mit großer Sorgfalt. Ich hatte die weißen Figuren, und Taboris Verteidigung, die »indische« Verteidigung, war theoretisch bekannt und wurde seit mehr als hundert Jahren angewandt … so lange zumindest, bis Tabori den üblichen Weg verließ, einen Springer opferte und auf dem Damenflügel zum Gegenangriff überging. Die Komplikationen nahmen nach und nach zu, und die Atmosphäre in der engen Zelle, in der wir uns befanden, war nun spannungsgeladen. Mir gelang es noch eine ganze Zeit, die Initiative zu behalten, ich schlug sogar noch einen weiteren Bauern, und es ergab sich die Möglichkeit, eine zwingende Kombination zu spielen, die mir einen weiteren Materialgewinn und vielleicht den Sieg bringen konnte.

Die Partie war nun in einer kritischen Phase. Dieses Mal konnte ich nicht annehmen, daß Tabori mich begünstigen wollte: Tatsache war jedoch, daß ich mich deutlich im Vorteil befand, und ich spürte, daß der entscheidende Zug in der Luft lag. Ich konzentrierte meine ganze Kraft darauf, eine siegreiche Zugfolge zu finden, doch sie entzog sich mir, wie eine Gestalt, die hin und wieder aus dem Nebel auftaucht, sich ganz zu erkennen gibt, um gleich wieder zu verschwinden. Taboris Gesichtsausdruck entnahm ich, daß er mich schweigend aufforderte, auf der Hut zu sein. Ich hatte die Situation in der Hand und durfte sie mir nicht entgleiten lassen.

Die Zeit, die ich über den nächsten Zug nachdachte, rückte unmerklich ab von der realen Zeit, hatte nichts mehr mit dem Zählen der Minuten, mit der Aufteilung der Stunden, mit dem Ticken der Uhren und dem Verschleiß ihrer Mechanismen gemeinsam, denn sie war reine Gegenwart: eine in Lichtgeschwindigkeit versetzte Gondel ... und wie wenig zählte jetzt, daß der Rest, die Erde selbst, der Planet, den ich verlassen hatte, irgendwo seine Jahrhunderte mit großer Geschwindigkeit verzehrte.

Eine Wahl impliziert selbstverständlich die Aufgabe aller Alternativen. Wenn wir nicht gezwungen wären zu wählen, wären wir unsterblich. Und diesem Gesetz unterlag schließlich auch ich.

Diese Abfolge von Momenten zwischen dem Augenblick meiner Entscheidung und der tatsächlichen Ausführung des Zugs auf dem Schachbrett sehe ich immer noch vor mir, Fotogramme im Gegenlicht, wie sie auf eine vorangekündigte Lösung zustürzte, ähnlich bestimmten Träumen, die Ursache und Wirkung umdrehen und mit einem realen Vorgang enden, der unser Erwachen herbeiführt.

Also streckte sich meine Hand aus und legte sich auf eine bestimmte Figur als Folge des Impulses einer Neuronenkonstellation, wahrscheinlich in der rechten Hälfte meines Gehirns – ich erinnere mich noch, als wäre es heute, an den zurückgeworfenen Kopf des Springers, als ob er scheute –, nahm sie aus ihrem Feld und setzte sie in eines nahebei ...

In meinem ganzen Leben schwebt alles, die kleinen und großen Ereignisse, die Freuden und Schmerzen, die diese mit sich bringen, über einer Art unbeweglicher und nebelhafter Fläche, auf der die Dinge sich nicht immer an einem Punkt befinden, an dem man ihnen den Blick zuwendet, wo nichts klar oder folgerichtig ist oder *logisch* oder einfach mit anderen

Dingen verbunden, wo nichts klare Begrenzungen oder deutlich erkennbare Formen hat – nichts, außer dieser Stellung im Schachspiel, die noch heute hell in meinem Gedächtnis leuchtet und mir, wie Moses der brennende Dornbusch, erschienen und geblieben sein muß.

Ich hatte also den Springer genommen, und solange ich ihn in der Hand hielt, geschah nichts, da ich meine Entscheidung noch nicht getroffen hatte und ich diese Figur noch an eine andere Stelle setzen konnte (ich hatte tatsächlich mindestens zwei weitere Möglichkeiten); aber als ich sie schließlich auf jenes verhängnisvolle Feld setzte, war ich wie vom Blitz getroffen. Ich will damit sagen: buchstäblich vom Blitz getroffen! Vom silberfarbenen Kopf des Springers übertrug sich über meinen Arm auf den übrigen Körper so etwas wie ein schrecklicher elektrischer Schlag, so daß ich mit einem Schrei aufsprang und den Stuhl umstieß.

Der Zug wurde langsamer. Baum, der inzwischen eingeschlafen war, setzte sich plötzlich in seiner Ecke wieder auf.

»Wo sind wir?« fragte er erschrocken, beruhigte sich aber gleich wieder, als er sah, daß sie gerade in Salzburg ankamen.

Der Zug hielt am Bahnhof kurz an, dann fuhr er im Semibrevis-Rhythmus weiter und sah bald aus wie ein Komet in der Nacht.

Baum gähnte, sah auf die Uhr, stand auf, steckte das Schachspiel in das Etui, legte es in sein Köfferchen und vergewisserte sich, daß der Mantel noch an seinem Platz hing; dann setzte er sich wieder genauso hin wie zuvor, aber dieses Mal fest entschlossen, sich nicht vom Schlaf übermannen zu lassen.

Frisch hatte sich nicht vom Platz gerührt; mit übereinandergeschlagenen Beinen und verschränkten Armen hatte er das Ende der Grenzformalitäten abgewartet, und jetzt, als der Zug wieder eine gleichmäßige Geschwindigkeit erreicht hatte, schien er auf die Fortsetzung von Mayers Geschichte zu warten. Es war, als ahnte er, daß in gewisser Weise die Geschichte ihn betraf.

Mayer erzählte aber nicht sofort weiter. Schwer zu sagen, wie lange er schweigend dasaß; wahrscheinlich so unendlich lange, wie man über einen schwierigen Schachzug nachdenken muß. Frisch war es, der Mayer bat weiterzuerzählen, wobei er seinen Oberkörper fast unmerklich vorbeugte. Eine Bewegung, die Neugier verriet und vielleicht auch eine leichte Angst.

»Bitte, fahren Sie fort.«

Auf den Zug hatte Mayer gewartet, jetzt war er ganz in seinem Element. Ihm widerfuhr dasselbe wie beim Schachspielen. Zuerst empfand er eine unerträgliche Spannung, auf die von einem bestimmten Moment an ein Zustand erhabener Ruhe folgte, in dem alles klar und folgerichtig wurde und in dem es ihm vergönnt war, die Zukunft bis in die kleinsten Nuancen hinein zu erfassen.

Wieder steckte er die Hand in die Manteltasche und belastete das Lumpenbündel, wie ein Taschendieb, der bei einem Diebstahl insgeheim durch Abtasten die Art der Beute errät. Als er es zwischen den Fingern drückte, hörte man so etwas wie ein gedämpftes Klappern; in diesem zerrissenen Stoff war etwas verborgen, es hätten Münzen sein können, aber die hatten ein anderes Gewicht. Hans wußte sehr wohl, was dieses Bündel enthielt, und der Gedanke daran war es, der ihn dazu brachte, seine Erzählung unverzüglich wiederaufzunehmen.

Ich weiß nicht, wie lange ich so stehen blieb, vor Überraschung gelähmt, erschrocken, verwirrt – oder vielleicht auch nichts dergleichen, sondern nur mich selber festhaltend. Tabori existierte nicht mehr, er war ein weit entferntes, hypothetisches Wesen. Soviel ich wußte, war er nicht der Auslöser für das soeben Geschehene. Er saß dort, unbeweglich; gegen seinen Willen Zeuge, wie mich Übelkeit überkam, die er natürlich – so glaubte ich zumindest – weder teilen noch verstehen mußte.

Ich habe irgendwo etwas über die zermürbende Ausbildung von bestimmten Zen-Mönchen gelesen, die über eine lange Zeit, von ihrem Lehrer beobachtet, in völliger Bewegungslosigkeit und tiefster Meditation versunken verharren müssen. Erst wenn der geeignetste Moment erreicht ist, zur Erleuchtung zu kommen, versetzt der Lehrer nach Gutdünken dem für reif erachteten Neophyten, wenn dieser am wenigsten damit rechnet, mit einem Bambusstock einen heftigen Schlag zwischen die Augen. Nicht immer soll das Ergebnis positiv sein, aber im Fall des Erfolges sei das Erwachen von einem plötzlich aus der Brust des Schülers aufsteigenden Lachen begleitet.

Auch mir geschah das: Ich wurde von einem unbändigen Lachen geschüttelt, von dem mein Lehrer sich nicht anstecken ließ. Aber für dieses Lachen gab es einen bestimmten Grund: durch diese Wirkung wurde ich plötzlich auf die Ursache gestoßen, und die konnte sich nur auf dem Schachbrett befinden. Und dieses gehörte Tabori. Ich fragte mich, ob ich nicht das Opfer eines Verrückten sei. Nur die ruhige Haltung meines Lehrers hinderte mich daran, die Flucht zu ergreifen. Doch auch wenn ich erraten hatte, daß es sich um eine Art Mahnung handelte, verlangte der vernünftige Mensch in mir eine Erklärung.

Ich brauchte nicht darum zu bitten. Tabori war zu mir gekommen, bückte sich, um den Stuhl wieder hinzustellen, den ich umgestoßen hatte, und ließ mich Platz nehmen. Die Stellung auf dem Schachbrett war unverändert, und ich erkannte sonnenklar, daß mein Zug ein kolossaler Fehler gewesen war.

Er jedoch sprach nicht gleich über die Partie, weil er wußte, daß ich etwas anderes wissen wollte.

»Es war nur ein leichter Schock«, sagte er, als wolle er mich beruhigen, »aber du mußt unter einer großen Spannung gestanden haben.«

Nach diesen Worten folgte eine Pause, in der wir schwiegen. Das Licht, das durch das Oberlicht einfiel, schien einen Augenblick lang sein Gesicht einzuhüllen, es zu verklären. Ich hatte ihn so noch nie gesehen. Es war, als sei er nicht mehr dort bei mir, sondern woanders, weit weg von dieser Zelle.

Als er wieder sprach, klang seine Stimme verändert; obwohl er sich mir zuwandte, hörte er weiter aufmerksam in sich hinein. Er erzählte mir, daß dieses Schachspiel schon seinem Vater gehört hatte, daß es während des Krieges verlorengegangen war und er es zwanzig Jahre später wiederbekam, als er es in seiner Tätigkeit als Trödler zwischen wertlosen Sachen fand, die er anläßlich der Räumung eines altes Wiener Hauses gekauft hatte.

Es war seit Jahrhunderten in seiner Familie weitervererbt worden. Es gehörte zu jenen Gegenständen, denen nach einer Legende die Kabbalisten – und vielleicht sogar Abramelin selber – eine Art Leben eingeflößt hatten. Wie dem auch sei, dieser Gegenstand bewirkte sehr schnell Erfolge, weil er jeden Fehler sofort bestrafte. Tatsächlich hatte jeder, der damit gespielt hatte, einen Schmerz entsprechend der Größe seines Fehlers empfunden, bis zu einer regelrechten und realen Zurückstoßung bei jedem unbesonnenen Zug; und diese Wirkungen spürte in der Folgezeit dann auch jeder auf einem gewöhnlichen Schachbrett. So wird der Geist klar und ist nicht mehr versucht, einen Zug zu machen, es sei denn in der absoluten Gewißheit, ihn bis in seine letzte Konsequenz durchdacht zu haben.

»Vor einiger Zeit hast du mir eine präzise Frage gestellt, und ich habe dir geantwortet, daß viel von dir abhängt, von deinem Willen, zu lernen. Sicher, was dir jetzt widerfahren ist, hat dich verwirrt, aber damals hast du versichert, daß du ›alles x-beliebige‹ tun würdest. Und ich habe deinem Wunsch zugestimmt. Du hast es nicht bemerkt, aber ich beobachte dich seit einiger Zeit, ich habe dich spielen sehen und mich überzeugt, daß du Talent hast.«

Ach, meine Herren, der Wert, den wir den Dingen beimessen, ist sehr begrenzt und im Vergleich zu unserer Eigenliebe sehr unbedeutend! Der letzte Satz, muß ich gestehen, löschte in mir jeden Zweifel, jeden

Widerwillen, jede Angst aus. Ich glaube sogar, daß ich errötete, weil ich mir wirklich nicht eingebildet hatte, ein solches Lob zu verdienen. Verunsichert protestierte ich: »Aber wenn ich eine Partie verloren habe, bei der der Gegner seine Dame aus dem Spiel genommen hat! Und gegen Sie gespielt habe, der Sie das Schachbrett noch nicht einmal vor sich hatten …«

Tabori machte eine Geste, als wolle er die Sache bagatellisieren.

»Ach, das … das besagt nichts. Ich sehe das Schachbrett im Geiste vor mir, wie du es real vor dir siehst. Und durch die Damenvorgabe, nun gut, es klingt vielleicht paradox, hatte in diesem Fall *ich* den Vorteil auf meiner Seite.«

»Das verstehe ich nicht …«

»Sieh mal, das Schachspiel, oder besser: die Anordnung der Figuren im Schachspiel gleicht der Anordnung der Möbel in einer Wohnung, in der du seit Jahren lebst: ein Sessel da, ein Stuhl dort, der Tisch in der Mitte des Zimmers … Aber wenn die Anordnung dieser Gegenstände verändert wird oder ein Möbel aus dem Zimmer herausgenommen wird, in dem es lange Zeit gestanden hatte, dann fühlst du dich unbehaglich. Da du daran gewöhnt bist, dich in einem dir vertrauten Raum zu bewegen, tust du immer noch so, als stände alles an seinem Platz, und früher oder später stößt du gegen eine Konsole, die nicht an dieser Stelle sein sollte, oder du fällst hintenüber, wenn du dich auf einen Sessel setzen willst, der jetzt woanders steht.

Dein Nachteil war, du mußtest aus einer Stellung heraus deine Figuren setzen, als ob meine Dame noch auf dem Brett stände: Du machtest dieselben

Züge wie immer, ohne daran zu denken, daß diese Figur weg war und daß du mich in einer anderen Weise angreifen konntest; aber du bemerktest es nicht einmal. Außerdem versuchtest du, mich, weil du dachtest, ich hätte das Spiel nicht vor mir, in kindische Fallen zu locken, während ich das Schachfeld genau wie du vor Augen hatte. Ich glaube jedoch, wenn wir noch einmal eine derartige Partie spielten, würde die Sache anders laufen.«

In meiner Stellung als Schüler hielt ich es für angebracht zu schweigen.

»Weißt du, seit wie vielen Jahren ich nicht mehr Schach spiele?« fragte er mich nach einer langen, sehr langen Pause.

»Nein, ich weiß es nicht ...«

Er verriet mir, daß das Spiel gegen mich das erste nach über vierzig Jahren gewesen sei. Mir fiel schwer, das zu glauben, auch wenn weder ich noch andere jemals gesehen haben, wie er sich auf den direkten Vergleich mit einem Gegner einließ.

Nie kommen wir einem anderen näher, als wenn er uns ein Geheimnis anvertraut. Aber meine Eigenliebe, die schon so reichlich bedacht worden war, erhielt durch Taboris Worte ein weiteres unerwartetes Geschenk.

»Und nun«, sagte er zu mir, »möchte ich weiterspielen. Aber du setzt dich jetzt an meinen Platz.«

Als er das gesagt hatte, ging Tabori für einige Minuten weg. Bei seiner Rückkehr hatte er sich vollständig angekleidet und trug den Wintermantel.

»Komm«, sagte er, »es gibt noch etwas zu tun. Ich muß dir etwas zeigen. Es wird nicht lange dauern, in zwei Stunden werden wir zurück sein.«

Boris erwartete uns am Steuer eines alten Mercedes mit laufendem Motor. Wir setzten uns auf die Rückbank, und das Auto fuhr im Regen los. Ich konnte mir nicht vorstellen, wo wir hinfuhren, und wagte auch nicht zu fragen. Nach einem langen Schweigen wollte Tabori unvermittelt von mir wissen, ob ich schon jemals einen Toten gesehen hätte.

Diese Frage ließ mich erstarren. Nein, antwortete ich, wahrscheinlich hatte ich noch nie einen Toten gesehen.

»Warst du noch nie auf einem Begräbnis?«

Ich sagte, daß ich als Kind einmal einem Trauerzug gefolgt sei.

»Beim Begräbnis deiner Eltern?«

Nein. Bei dem Toten hatte es sich, soweit ich mich erinnern konnte, um einen entfernten Verwandten gehandelt. Am Begräbnis meiner Eltern durfte ich nicht teilnehmen. Ich war noch zu klein, und man wollte mir die Tragödie noch eine Weile verheimlichen. Dann hat mir meine Großmutter mit der gebotenen Behutsamkeit beigebracht, daß meine Eltern bei einem Unfall gestorben sind; das war jedoch etwa ein Jahr nach ihrem Tod.

Boris steuerte das Auto, nachdem er vom Gürtel abgebogen war, durch den Verkehr der Lazarettgasse, die auf das Wiener Allgemeine Krankenhaus zuführt. Ich dachte, daß wir jemandem einen Besuch abstatten würden, vielleicht einem Schwerkranken, einem Verwandten oder Freund von Tabori.

Doch wir hielten nicht an, sondern fuhren geradeaus weiter, ein Stück an den Außenmauern des Krankenhauses entlang, folgten den Mauern noch, als sie eine Biegung machten, und kamen in eine

Sackgasse, die wir bis zum Ende fuhren. Das Auto blieb vor einem niedrigen Backsteinhaus mit Gittern vor den Fenstern und einem großen Portal stehen. Wir wurden erwartet, und zwar von einem beeindruckend mageren alten Mann, der ein graues Hemd anhatte, das an ihm herabhing, als wäre es auf einen Bügel gehängt worden. Nur Tabori und ich stiegen aus. Durch eine kleine Tür in der unteren Ecke des massiven Portals traten wir ins Haus. Wir liefen einen Flur entlang, rannten bei strömendem Regen über einen kleinen Hof und flüchteten in einen anderen Flur, der genauso aussah wie der erste. Wir stiegen eine lange Treppe hinunter und bogen in einen Flur ein, dann in einen anderen und noch einen anderen. Alle waren sie von matt leuchtenden Neonlampen nur schwach erhellt. Die Lampen hingen so weit auseinander, daß man an einigen Stellen fast im Dunkeln laufen mußte. In diesem unterirdischen Labyrinth hätte sich jeder ohne Führer verlaufen. Ich nahm einen scharfen Formaldehydgeruch wahr, deshalb war es unnötig zu fragen, wo wir waren. Ich sah Tabori an, der mir einen beruhigenden Blick zuwarf. Am Ende des letzten und längsten Flurs, den wir mit etwas schnelleren Schritten entlangliefen, war eine Tür.

Der Mann holte einen Schlüssel aus der Tasche, öffnete die Tür und ließ uns in einen bis zur Decke gekachelten großen, sehr hohen Saal eintreten. Ganz oben an den Wänden öffneten sich Gitter, was meine beklemmende Vermutung bestätigte, daß ich mich einige Meter unter dem Erdboden befand. Im Gegensatz zu der absoluten Stille, die diese Gruft offenkundig verlangte, verstärkte sich jedes Geräusch (das

Schließen der Eisentür, unsere Schritte auf dem Boden) übermäßig an diesen hohen, nackten Wänden. Wir folgten dem Mann, der uns ans Ende des Saals brachte, wo ein verchromtes Untersuchungsbett mit einem grauen Laken darüber stand, unter dem sich das reglose Profil eines Körpers abzeichnete. Daneben ein weiß emaillierter Wagen mit mehreren Etagen, auf denen aufgereiht die Instrumente für die Sezierung lagen. Der Mann, der uns begleitet hatte, sah Tabori an, dann mich und richtete seinen Blick schließlich auf das graue Laken, das auf einer Seite von etlichen dunklen Flecken übersät war, und starrte es an, als gelänge es ihm hindurchzuschauen. »Zwanzig Jahre«, sagte er. »Heute nacht tot aufgefunden worden. Die vermutliche Todesursache: Schädelbasisbruch nach einem Sturz, vermutlich aus dem vierten Stock eines Wohnhauses.« Und griff nach dem Zipfel des Lakens und deckte den Leichnam auf …

Auf der Rückfahrt unter heftigen Regenschauern, die die Scheibenwischer auf eine harte Probe stellten, war ich bereits ein anderer Mensch. Wenn jemand mich gefragt hätte, wer ich sei, hätte ich mich mit Mühe an meinen Namen erinnert. Ich hörte Tabori einen langen Monolog über die Notwendigkeit des Ganzen halten. Er wollte ganz sicher sein – so wiederholte er immer wieder –, daß ich in der Lage sei, seine Geschichte zu verstehen, wenn er mir erkläre, warum er seit vierzig Jahren kein Schach mehr spiele.

»Und wenn ich jemals von Toten spreche«, schloß

er, »möchte ich sicher sein, daß du verstehst, wovon ich spreche.«

Plötzlich tauchte der Ort, den wir soeben verlassen hatten, erdrückend vor mir auf; der Geruch der triefnassen Kleider löste einen unbezwingbaren Anfall von Übelkeit bei mir aus. Ich mußte aussteigen. Boris hielt auf der Mariahilfer an, das Auto fuhr sofort weiter, und ich blieb am Rande des Gehsteigs stehen, wo ich mich verdutzt umsah. Ich fühlte mich, als sei ich von einer langen Reise zurückgekehrt oder aus einer lang andauernden schweren Amnesie aufgewacht, die mich aus dem allgemeinen Zeitablauf herausgeholt und mich nun wieder in ihn hineingestoßen hatte. Ich dachte an die Geschichte mit dem Mönch, der, eingeschlafen in der Stunde des Gebets, hundert Jahre später wieder aufgewacht war.

Es war schon dunkel, als ich an der U-Bahnstation ankam, der Regen hatte aufgehört, die Straßen waren plötzlich belebt, und der Verkehr bewegte sich wie eine lange regenbogenfarbige Larve vorwärts. Außer mir schien sich nichts geändert zu haben.

Meine Lehrzeit, die an diesem Tag begonnen hatte, zog sich dann noch über ein Jahr lang hin. Die enge Zelle im letzten Stockwerk der Pension Fischer wurde mein Heiligtum und mein Gefängnis. Von der restlichen Welt blieb sehr wenig, sie verlor nach und nach an Konsistenz; und wenn es noch einen Körper mit meinem Aussehen gab, der die Hörsäle der Hochschule betrat, der hin und wieder einen Besuch bei meiner Großmutter machte, der aß, schlief und die gewohnten Wege ging – ich jedoch war immer dort, eingeschlossen in diesen Raum, ein Gefangener meiner selbst. Es war nicht einfach, das versichere ich Ihnen. Das Schachbrett, das Tabori euphemistisch als »propädeutisches« Spiel bezeichnete, war ein wahres Folterinstrument: Wenn man darauf spielte, war es so, als liefe man über ein Minenfeld. Zwar war die Voltzahl gering, die Stöße, die ich bei jedem Fehler erhielt, waren kaum stärker als die von statischer Elektrizität, aber das Vorgefühl war schwer zu ertragen. Vor allem in der ersten Zeit, als die Fehler noch häufiger waren. Im übrigen machte sich Tabori nicht die Mühe, mich zu korrigieren, mir zu sagen, daß ich gut oder weniger gut gezogen hätte; er hat mir nie eine Lektion in Strategie oder Taktik erteilt und auch nie eine Eröffnung oder ein Endspiel gezeigt. In den ersten Monaten sagte er nichts, er ließ mich nur spielen. Ich erinnere mich, daß er völlig reglos auf der anderen Seite des Schachbretts saß und in seiner Passivität den schlimmsten Spieler verkörperte, den man vor sich haben kann. Er setzte die Figuren mit aufreizender Langsamkeit, als wollte er mir jeden seiner Spielzüge und dessen Zerstörungspotential einprägen; wie verschieden konnte in der Tat derselbe Zug bei zwei verschiedenen Spielern sein. Nehmen wir den ersten Eröffnungszug, den alle kennen, auch jene, die gerade eben die Spielregeln gelernt haben: von beiden Spielern ein ähnlicher Zug, der Bauer rückt bei beiden zwei Felder vor; aber wenn es für den Anfänger nur einfach ein Zug ist, ist es für den Meister der erste in einer langen Reihe von Zügen; wie die Verbindung zwischen zwei Musiknoten, die verschieden ist, je nachdem, ob man ein Kinderlied anstimmt oder ob die beiden Noten der Anfang einer Sinfonie sind. Auch konnte man aus seinem Gesichtsausdruck niemals ablesen, ob und wann ein Stromstoß ausgelöst wurde; seiner Mimik konnte man auch nicht den leisesten Hinweis entnehmen; ich sollte mich nur auf das Spiel konzentrieren, quasi die Materie hinter mir lassen, über die Erscheinungen hinausgehen, um in eine Welt einzutreten, die aus rein geistiger Energie besteht. Als ich an diese Dimension herankam – und immer häufiger die Schwelle überschritt –, hätte ich die Augen schließen und mir von jemandem das Schachbrett unter der Nase wegziehen lassen können, und diese Welt hätte aus eigener Kraft weitervibriert.

Es war nicht einfach, sage ich Ihnen. Sehr häufig verließ ich diesen Raum, dieses Haus am Rande eines Nervenzusammenbruchs. Im Grunde wirkte der elektrische Schlag, die Bestrafung, wenn sie kam – und sie kam immer seltener –, wie ein Allheilmittel, sie ließ mich spüren, daß ich lebendig, daß ich noch ein Mensch war; sie bewirkte paradoxerweise, daß der ständige Spannungszustand, in dem ich mich befand, nachließ.

Mehr als einmal war ich nahe daran, alles aufzugeben. Doch ich war schon so abhängig, daß die Vorstellung, diese Lehre abzubrechen, einfach undenkbar war. Ich wollte mehr, immer mehr lernen, ich wollte immer häufiger in diese Idealwelt zurückkehren, in der die Gegenpole ständig zu schmelzen und sich aufzulösen schienen. Dieser Geisteszustand hatte in der ersten Zeit die Dauer eines Blitzes, der einen sofort in ein noch tieferes Dunkel taucht; aber je länger meine Lehrzeit dauerte, desto häufiger wurden die zunächst seltenen Erleuchtungen, und desto länger dauerten sie, bis sie in einem Kontinuum mündeten, in das ich nach Belieben und ohne Mühe – ja, im

Zustand einer unbeschreiblichen göttlichen Ruhe – eintauchen konnte. Und wenn ich mich darin befand, gab es nicht einmal im entferntesten die Möglichkeit, einen Fehler zu machen. Das alles erfüllte mich mit einem Gefühl der Allmacht und der Unbesiegbarkeit. Jetzt wurde alles zum Fehler, was nicht Perfektion erreichte. Es konnte auch ein nicht ganz schlechter oder ein nicht ganz guter oder mittelmäßiger oder passiver Zug sein … siehe da, er wurde gleichermaßen bestraft. Gebührend ausgedrückt hatte ich das Gefühl, daß ein einfacher Flüchtigkeitsfehler (in dem unwahrscheinlichen Fall, daß ich noch einen beginge) mich das Leben gekostet hätte.

Aber da war noch etwas: ich sah die Partie als etwas Lebendiges. Verstehen Sie mich: Sie war ein Organismus, quasi ein Urwesen, entstanden bei einer magischen Operation, das ganz allmählich zum Leben erwachte und eine Art Überlebensinstinkt entwickelte. Es war ein farbiges Gebilde, wie es bei einer Temperaturaufzeichnung entstehen kann; und ich mußte Hand anlegen wie ein Chirurg, der Muskeln und Arterien durchtrennt und wieder zusammennäht, und bei diesem Gewirr mußte ich gut aufpassen, was ich machte. Es war etwas Lebendiges, das mit zunehmender Kraft sein Existenzrecht einforderte. Aber genau deshalb stieg auch die Angst, daß einer meiner Züge zu seiner Zerstörung führen könnte. Obwohl es unendlich viel weniger komplex war als ein menschlicher Organismus, der von seinesgleichen weit eher gefoltert und getötet werden konnte, empfand es doch auch echten Schmerz; und wenn mir unglücklicherweise unterlief, es an einer vitalen Stelle zu verletzen, setzte unverhofft Energieverlust mit einem sofort nachfolgenden Schmerz ein, den ich wiederum in Form eines Stromschlags spürte. Und das empfand ich auch noch später, obwohl Tabori mir versicherte, daß es niemals einen elektrischen Strom gegeben hatte und ich einfach nur einem geistigen Impuls ausgesetzt war.

Dann, als ich mich endlich mit anderen Gegnern maß, war alles äußerst einfach für mich. Ich erreichte in kurzer Zeit eine so hohe Punktezahl, daß sich mir die Türen zu allen wichtigen Turnieren öffneten, obwohl ich noch nicht offiziell den Titel eines Meisters errungen hatte. Ich konnte es mit Meistern und Großmeistern aller Nationalitäten aufnehmen. Mehr als ein Jahr lang reisten Tabori und ich kreuz und quer durch Europa, ohne ein Turnier auszulassen; und wenn zwei Turniere gleichzeitig stattfanden, wählten wir oder vielmehr Tabori das aus, das er für das wichtigere hielt.

Tabori fungierte als Sekundant und analysierte für mich alle Hängepartien, bereitete jeweils die Varianten für ein Spiel vor, schlug mir auch die Eröffnungszüge und die Verteidigung vor, die ich bei den Spielern, gegen die ich spielen mußte, anwenden sollte. Er kannte die Gewohnheiten von allen, ihre Spielweise und ihre Schwachstellen wie auch Stärken. Er hatte ein ausgezeichnetes Schachgedächtnis, er erinnerte sich an alle Partien der großen Spieler; für ihn war es, als würde er sich an ein Gesicht mit einer markanten Physiognomie erinnern, ein Gesicht, das man schwer vergißt, auch wenn man es erst ein einziges Mal gesehen hat. Er konnte noch auf die kleinsten Details einer Variante eingehen, die Dutzende von Jahren früher gespielt worden war.

Ich für meine Person ging nun mit einem untrüglichen Instinkt vor. Wollte ich gerade einen, wenn nicht falschen, so doch schwachen Zug machen, dann leuchtete, könnte ich schwören, die Figur, die ich gerade berührte, in einem bläulichen Licht auf, auch wenn ich sie nur streifte, wie die Elmsfeuer an den Rahen der Schiffe, wenn ein Gewitter naht. Auf der anderen Seite war Taboris Anwesenheit mir eine sehr große Hilfe, und selbst wenn das Reglement uns nicht erlaubte, während des Spiels miteinander zu sprechen, genügte es mir, daß er dabei war oder daß ich ihn in der Ferne sah, um zu spüren, wie er mir Mut einflößte, als könnte er mir aus der Entfernung seine Kraft und sein Wissen übertragen.

Es gab nur eine einzige unumstößliche Bedingung in unserem Bündnis: Tabori wollte, koste es, was es wolle, daß ich beim »Gambit der weißen Dame« immer eine bestimmte Variante spielte, die er mir bis in die kleinsten Kleinigkeiten beigebracht hatte. Man opfert dabei zwar einen Springer und gerät anschließend in ein Chaos, da man aber die folgenden Züge kennt, kann man in acht von zehn Fällen mit einem Sieg rechnen. Die Preise für die schönste Partie habe ich immer mit dieser Variante gewonnen. Tabori legte größten Wert auf diese Variante. Er sagte mir sogar, sie sei sein Beitrag zur Geschichte des Schachs.

Unsere Streifzüge durch Europa dauerten mehr als ein Jahr. Es war eine Zeit unmenschlicher Anspannung, die mir aber auch Augenblicke echten Glücks bescherte.

Bis Tabori eines Tages verschwand. Nichts hatte bis dahin auf ein solches Ende hingewiesen. Nur hatte er in der letzten Zeit einen müden und abgespannten Eindruck auf mich gemacht; immer schien er mir etwas anvertrauen zu wollen; aber letztlich fehlte ihm der Mut.

Er ließ nur einen Umschlag mit Geld und einem Briefchen zurück, in dem er mich aufforderte, nicht das Vertrauen in ihn zu verlieren. Er müsse fort, seine Gesundheit gestatte ihm nicht mehr, ein so bewegtes Leben zu führen. Er schrieb noch, wenn jemals die Möglichkeit bestanden habe, das Ziel zu erreichen, das er sich gesteckt hatte, so habe er es nun entweder erreicht oder aber jede weitere Anstrengung sei nutzlos. Aber was er mit diesen Worten sagen wollte, war damals ein Geheimnis für mich.

Wir befanden uns in Baden-Baden am Ende der Reisezeit, und das dort ausgetragene Turnier war nur mehr ein Abschiedsgruß an das Jahr, das mit den ersten Herbstregen endete. Ich glaube, noch nicht einmal die Nachricht von seinem Tod hätte eine solche Verzweiflung bei mir ausgelöst wie die, in die sein unerklärliches Verschwinden mich stürzte. Der Schmerz über seine Abwesenheit wurde verschärft durch das Gefühl, von ihm verraten worden zu sein, und das war es, was am schwersten zu ertragen war. Ich blieb zwei Tage lang im dunklen Zimmer, und vielleicht wäre ich nicht mehr herausgekommen, wenn nicht eines Morgens der offensichtlich besorgte Hoteldirektor von seinem Hauptschlüssel Gebrauch gemacht hätte und zusammen mit einem Polizisten in mein Zimmer eingedrungen wäre. Es war mir sehr peinlich, tatsächlich aber war er es, der sich entschuldigte, als er feststellte, daß nichts Ungewöhnliches geschehen war, und man behandelte mich sehr zuvorkommend. Die Tatsache, daß ich ein Schachspieler war, schien vieles zu erklären. Er sagte mir, das Hotel schließe im Winter; und so stieg ich noch am Nachmittag in den Zug, der mich nach Wien brachte.

Bei meiner Rückkehr erfuhr ich von einer Tragödie. Meine Großmutter war tot. Sie hatte aus Liebeskummer Selbstmord begangen, nachdem sie von einem Jüngling abgewiesen worden war, der nur wenige Jahre älter war als ich. Sie hatte einen theatralischen Tod gewählt, wie er zu ihrem Leben paßte. Eines Nachts hatte sie auf der Rückkehr von einem Fest das Taxi anhalten lassen, war die Treppe einer der zahllosen Donaubrücken hinabgestiegen und hatte sich – so stelle ich es mir vor – den Wassern des Flusses übergeben.

Ihre Leiche wurde erst zwanzig Tage später herausgefischt. Sie hatte sich mitsamt Abendkleid in einer Schleuse verfangen. Arme Frau! Im Glanz hatte sie ihr Leben beenden wollen, immer hatte sie sehr auf ihr Aussehen geachtet und am Ende nicht bedacht, daß der Fluß es zerstören und daß an der Leiche der Selbstmörderin auch noch das Skalpell des Pathologen wüten würde.

Das Haus, die Möbel und der Hausrat wurden gepfändet und versteigert, um die zahlreichen Gläubiger zu besänftigen … Für mich blieb sehr wenig übrig, nur ein paar Briefe, die ihre tragische Leidenschaft bezeugen.

Ich weiß nicht, was ich ohne das Geld von Tabori getan hätte. Einen Teil der Summe benutzte ich, um einen Stein auf dem »Friedhof der Namenlosen« aufzustellen, wo meine Großmutter begraben war. Aber das restliche Geld reichte nicht lange. Schließlich kam es soweit, daß ich etwas Kleingeld verdienen mußte, indem ich für die Gäste in Bierstuben Karikaturen machte. Fast immer kam zu den wenigen Schillingen, die ich verlangte, ein Bier, das ich natürlich nicht ablehnen konnte; und sehr häufig war ich, wenn ich tief in der Nacht in mein Zimmer zurückkehrte, vollständig betrunken – müde, hungrig und betrunken.

Mit zwanzig Jahren fühlte ich mich, nachdem ich den Ruhm gestreift hatte, am Ende meines Lebens. Ich hegte Groll gegen alle, die mich verlassen hatten: auf meine Eltern, meine Großmutter und vor allem auf Tabori, der mich auf eine solche Weise, ohne eine Erklärung, verlassen hatte.

Ich legte wieder die Wege von einst zurück und empfand dabei nichts weiter als eine unerträgliche Sehnsucht. Die Stadt schien sich in einem Jahr verändert zu haben. Aber war eigentlich nur ein Jahr vergangen, fragte ich mich manchmal, oder hatte die Zeit für mich noch eine andere Bedeutung gehabt? Die Pension Fischer war jetzt vollständig unbewohnt. Ein auffälliges Schild mitten auf der Fassade kündigte den bevorstehenden Abriß des Hauses an. Auch im Roten Engel, wo ich nur einmal hinging, hatte sich alles verändert: die Bewirtung, die Mitglieder; selbst mein alter Gegner Strumpfel Lump war nicht mehr da, man sagte mir, er sei gestorben – oder vielleicht hatte es ihn nie gegeben. Manchmal zweifelte ich daran, daß ich Tabori jemals getroffen und sein wundersames Schachspiel jemals gesehen hatte (und wer hätte mir im übrigen geglaubt?), und zweifelte auch an mit selbst: Wie konnte es soweit mit mir kommen, daß ich mich von einer solchen Leidenschaft für ein Spiel hatte hinreißen lassen, das mich jetzt allein schon, wenn ich daran dachte, in Angst und Schrecken versetzte?

Eines Nachts, als ich in das Zimmer zurückkehrte, in dem ich wohnte, fand ich die Tür mit einer Kette versperrt. Die wenigen Dinge, die ich besaß, lagen auf dem Treppenabsatz auf einem Haufen. Ich war mit meiner Miete vier Monate im Rückstand, und der Zimmervermieter hatte sich für die harte Linie entschieden. Von dieser Nacht an war die Straße mein Zuhause und hin und wieder ein Nachtasyl, eine Zuflucht für die Ausgestoßenen der Stadt, das abends erst um zehn Uhr öffnete und morgens um sieben Uhr schloß. Den Rest des Tages blieb mir nichts anderes übrig, als verzweifelt durch das strahlende und feindselige Wien zu streifen.

Ein Schachspiel hatte ich seit dem Augenblick, in dem mein Lehrer verschwand, nicht mehr angerührt, und ich fürchtete auch, daß ich nie wieder Schach spielen würde. Die Bestätigung für meine Befürchtung bekam ich eines Tages, an dem ich in eine Kneipe an der Uferpromenade geriet. Ich hatte Hunger und hoffte daher, daß einer der Gäste für meine Karikaturen Modell sitzen würde. Aber das Lokal war leer, und auch als ich rief, zeigte sich niemand. Während ich mich umschaute, erblickte ich auf einem der Tischchen wenige Schritte von mir entfernt ein zurückgelassenes Schachspiel. Jemand hatte beim Weggehen die Figuren überall verstreut liegenlassen. Ich zwang mich, an dem Tisch Platz zu nehmen: ich wollte mir selber beweisen, daß ich noch spielen konnte. Doch sogleich bemerkte ich, daß es mir schon Mühe bereitete, die Bauern einzusammeln und auf ihre Felder zu stellen, und daß sich eine tödliche Erschöpfung meiner bemächtigte, bis es in dem Raum plötzlich dunkel wurde und alles um mich herum zu schwanken begann, als ob alles auf eine Leinwand gemalt wäre, an der ein plötzlicher Windstoß rüttelte; und in diesem Augenblick fielen Blutstropfen auf das Schachbrett herab, verteilten sich rasch dicht nebeneinander auf dem Brett, wie lautlose Explosionen. Mich ergriff Panik, ich sprang auf, schlug beide Hände vor das blutende Gesicht und rannte aus dem Lokal, dabei stieß ich den Tisch mit dem Schachbrett um … Und von da an habe ich nicht mehr den Mut gehabt, ein Schachspiel anzurühren.

An dieser Stelle schwieg Mayer. Er wollte sehen, welche Wirkung seine Erzählung auf die beiden Zuhörer hatte.

»Und haben Sie Tabori jemals wiedergesehen?«

Diese Frage kam von Baum. Als sie sich dem Bahnhof näherten, hatte er sich den Mantel angezogen und saß nun mit seinem Köfferchen zwischen den Knien auf der Sitzkante. Die Frage hatte Baum völlig unbeteiligt gestellt, nur aus Höflichkeit; Hans antwortete nicht. Baum sah währenddessen ungeduldig aus dem Fenster und erkannte ein ihm vertrautes Dorf. Und als der Zug seine Fahrt verlangsamte, stand er plötzlich auf und öffnete die Schiebetür zum Gang, wo schon einige Leute standen, die aussteigen wollten.

»Eine wirklich sehr interessante Geschichte«, bemerkte Baum und fügte noch ein paar nichtssagende höfliche Worte hinzu. »Schade, daß ich Sie verlassen muß. Auf Wiedersehen, bis nächsten Dienstag«, sagte er zu Frisch gewandt. »Du erzählst mir dann, wie es weitergegangen ist.«

Frisch antwortete nicht; er hob nur eine Hand als Abschiedsgruß. Baum schwankte, als der Zug über eine Weiche fuhr, er trat entschlossen auf den Gang hinaus, und nun fuhr der Zug in den Bahnhof ein. Sie sahen ihn aussteigen, unter ihrem Fenster vorbeigehen und mit schnellem Schritt dem Ausgang zusteuern.

Der Zug fahr wieder an, und niemand kam in ihr Abteil. Hans schloß die Tür, die Baum offengelassen hatte, und setzte sich wieder hin, doch diesmal auf den Platz, den Baum geräumt hatte. Jetzt saß er dem anderen gegenüber wie ein Gegner und wirkte so, als bereite er sich darauf vor, die Partie schnell zu Ende zu spielen.

Frisch war diese Wendung nicht entgangen. Fast entfuhr ihm eine überraschte Geste, und um seinen Verdruß zu verbergen, schaute er auf die Uhr. »Der Zug ist sehr pünktlich«, sagte er. »Um Mitternacht werden wir in Wien sein.«

Die beiden schwiegen einige Miauten lang; aber in dieser Stille schwebte etwas.

In Wien, dachte Mayer und umklammerte dabei den Gegenstand in seiner Tasche. Er erhielt in diesem Augenblick seine ganze Bedeutung. Es war der Beweis für eine vor langer Zeit begangene Missetat. Die Versuchung, das Stoffstück herauszuziehen, drohte ihn zu übermannen, so wie es ihm in alten Zeiten widerfahren war, wenn er einen vorschnellen Zug machte und das ganze Spiel ruinierte. Aber jetzt hatte er aus seinen Fehlern gelernt. Er beherrschte sich. Er durfte der Versuchung nicht früher als vorgesehen nachgeben, er mußte sich an den Plan halten, den er sich gemacht hatte, und sich bis zur Ankunft in Wien gedulden.

Sein Gegner lenkte ihn von seinen Gedanken ab. Frisch, der eine Weile so ausgesehen hatte, als fragte er sich, wer den nächsten Zug machen müßte, sprach statt dessen mehrfach leise den Namen Mayer aus, als wolle er sich etwas ins Gedächtnis rufen: »Mayer ... Mayer ... Hans Mayer ... Ich glaube mich an einen gewissen Mayer zu erinnern, der im letzten Jahr in Hamburg von sich reden gemacht hat und dann, wenn ich mich nicht irre, in Hastings, vielleicht zwei Monate später; und auch anläßlich eines Open in Venedig ...«

»Sie haben ein ausgezeichnetes Gedächtnis.«

»Ich habe viel über diese Partien geschrieben. Und ich war bestimmt nicht nachsichtig. Also Sie waren das ... Und dann dieser plötzliche Rücktritt ... Sie betrachten sich also als Besiegten, als einen, der niemals wieder zu spielen anfangen wird?«

»Ich glaube sicher, daß ich es nicht mehr kann.«

»Ein schwacher Charakter ...«

»Kann sein ...«

Frisch machte eine unbestimmte Geste, eine Bewegung mit der Hand durch die Luft, als verzichte er darauf, das Unaussprechbare auszusprechen. »Zum Schachspiel braucht man sehr starke Nerven. Und nach der Lehrzeit bei diesem Verrückten waren Sie ... Es stimmt, das Schachspiel verleiht einem manchmal ein Gefühl der Omnipotenz. Das weiß ich gut, weil auch ich lange und leidenschaftlich gespielt habe, und auch jetzt noch, da ich alt bin, nimmt das Schachspiel fast meine ganze Zeit in Anspruch oder zumindest fast alle meine Gedanken. Manchmal befinde ich mich in Gesellschaft von Freunden oder auch auf einer Sitzung, und es wird mir bewußt, daß ich nicht mehr höre, was um mich herum gesprochen wird; zwischen mir und den anderen steht eine Art Membran. Das Schachspiel ist dann nicht mehr nur abstrakt, sondern hat eine feste Konsistenz, eben eine Membran, die mich von der Welt trennt und sich wie eine Membran bewegt und pulsiert ...«

Frisch sah Mayer plötzlich mit einem Ausdruck an, den nur die Alten bekommen, wenn sie dabei sind, über ihre Vergangenheit zu sprechen.

»Aber wissen Sie«, sagte er, und seine Stirn bedeckte sich mit roten Flecken, »wissen Sie, daß ich Weltmeister hätte werden können?«

Mayer sagte nichts, und das veranlaßte Frisch, seine Behauptung mit einem kurzen Lachen einzuschränken. »Ich muß sagen, damals waren die Zeiten nicht so, daß man einer solchen Beschäftigung hätte nachgehen können, dennoch gab es in Deutschland viele verheißungsvolle Spieler, die an die Stelle von Aljechin hätten treten können; und wenn wir nicht mitten in einem Krieg gewesen wären, der uns die Jugendzeit raubte, dann ... warum nicht, dann, denke ich, hätte ich mich auch um den Titel des Weltmeisters bewerben können ...« Frisch schwieg mit einem plötzlich von Runzeln durchzogenen Gesicht, als wöge er die Wahrhaftigkeit seiner Äußerung ab. »Das Schachspiel gibt uns anscheinend wie die Kunst die Möglichkeit, nach dem Tod weiterzuleben, ewigen Ruhm zu erlangen. Den erreichen wir nicht, indem unser Name immer wieder in den Schachannalen genannt wird, sondern es genügt eine einzige

Partie, eine Variante, ein origineller Einfall. Und auf diese Weise sind Sie in gewissem Sinne das Opfer dieses Karrieristen geworden, der ein Talent wie das Ihre verbraucht hat, um eine, milde gesagt, niederträchtige Variante in Umlauf zu bringen!«

»Nun, ganz so ist es nicht …«

»Tabori … wissen Sie, dieser Name sagt mir absolut nichts. Vielleicht ist er falsch wie er selbst. Leider ist die Schachwelt voller merkwürdiger Individuen. So war es schon immer, auch in den Zeiten, als das Spiel ein, sagen wir, größeres formales Ansehen genoß. Einst war zumindest eine bestimmte Kleidung unerläßlich, aber heutzutage gibt es Turniere, die tatsächlich wie Versammlungen von Rowdys wirken; doch ein so merkwürdiges Individuum wie Tabori … Es ist sicher das erste Mal, daß ich etwas dergleichen gehört habe; wissen Sie, in Ihrer Erzählung scheint mir eine Sache unwahrscheinlich zu sein. Dieses elektrische Schachspiel, nun … es wirkt auf mich wie Science-fiction. Die Sowjets mit ihren Methoden und mit ihrer Sucht, überall an erster Stelle zu stehen, hätten es sicher sehr geschätzt … Dieses Schachspiel, wenn es das wirklich gibt, würde sich gut in meiner Sammlung machen. Es wäre das Paradestück. Wenn man sich das vorstellt. Das ›schmerzreiche Schachspiel‹! Ich wäre bereit, jedweden Preis dafür zu zahlen.«

»Jedweden Preis?«

»Jedweden Preis!«

Mayer dachte über die Frage nach. »Ich könnte es Ihnen verschaffen«, sagte er.

Frisch fuhr hoch, doch dann bestätigte er seine Aussage: »Jedweden Preis.«

»Geld interessiert mich nicht.«

»Dann etwas anderes, egal was.«

»Dann«, entschied Mayer, »kann sich vielleicht schon morgen das ›schmerzreiche Schachspiel‹, wie Sie es genannt haben, auf Ihrem Tisch befinden. Wenn Sie wollen, können Sie es schon als Ihres ansehen. Was ich dafür verlange, ist wenig: Sie sollen sich nur meine Geschichte bis zum Ende anhören.«

Frisch brach in Gelächter aus.

»Ach, mein Lieber, ich bin zu alt, viel zu alt, um mich foppen zu lassen. Ein Schachspiel, wie Sie es mir beschrieben haben, ist reine Einbildung!« Doch wollte er den Glauben daran nicht ganz aufgeben. »Wenn Sie jemals etwas gesehen haben, dann war es ... das Ergebnis einer sehr geschickten Beeinflussung.«

»Und wenn dem so war?« erwiderte Mayer. »Es gibt Beeinflussungen, die heilen können, und andere, die töten können. Wir sollten sie nicht unterschätzen! Die Reaktion auf einen Fehler entspringt doch immer dem eigenen Wesen; und dann zählen nicht mehr die Mittel, sondern der Zweck.«

»Sie haben mich also angelogen?«

»Daß das Gewissen jedes einzelnen eine unanfechtbare Realität ist, das ist die Wahrheit.«

Frisch fühlte sich verunsichert, weil er sich allzu naiv für dieses Spiel hergegeben hatte. Außerdem hatte er keineswegs die Absicht, sich auf eine philosophische Diskussion einzulassen; deshalb unterbrach er Mayer.

»Einverstanden, einverstanden, es kann aber auch sein, daß Sie sich so weit beeinflussen ließen, daß Sie alles geglaubt haben ... Doch sagen Sie mir vielmehr: Haben Sie jenen, äh, jenen Tabori wiedergesehen?«

Ich bin mir sicher, daß in Hans Mayers Blick die geheime Befriedigung des Schachspielers zu erkennen war, der sieht, wie auf dem Schachbrett jeder einzelne Zug so gespielt wird, wie er ihn vorhergesehen hat, und denkt: Das ist das Finale!

Von diesem Augenblick an blieb alles der reinen Technik überlassen. Jetzt brauchte man keinen Einfallsreichtum, keine Genialität mehr, sondern nur noch Technik. Wie ein Musiker setzte er, bevor er antwortete, mit seiner Atmung eine Fermate. Dann sprach er weiter:

»Erst kürzlich habe ich wieder etwas von Tabori gehört. Eines Tages befand ich mich in einer Bierstube, lief zwischen den Tischen herum und bot mit dem üblichen geringen Erfolg meine Karikaturen an, als mich jemand an den Schultern packte. Es war Boris, jener Boris, der letzte Hinterbliebene der Pension Fischer. Ich muß gestehen, daß ich mich vielleicht zum ersten Mal freute, ihn zu sehen.

›Wo hast du dich herumgetrieben? Seit Monaten suche ich dich‹, schnauzte er mich mit einem vorwurfsvollen und zugleich erleichterten Ton in der Stimme an. ›Tabori geht es nicht gut. Deshalb hat er dich allein gelassen. Doch jetzt hat er mich beauftragt, dich zu suchen. Zum Teufel, bist du heruntergekommen!‹ rief er dann aus, als er mich von Kopf bis Fuß musterte.

Ich blickte hoch und sah mein Bild in einem Spiegel. Ich mußte ihm recht geben. Ich war wirklich heruntergekommen und roch, wie ich aus seinem Naserümpfen entnahm, nicht gerade nach Kölnisch Wasser.

Boris war kurz angebunden. Er gab mir Geld. Ich

sollte mich so schnell wie möglich von der ›Kruste‹ befreien, befahl er mir, weil Tabori mich dringend sehen wollte. Doch er wollte sicher sein, daß ich keine Zeit verschwendete. Er wartete vor einer öffentlichen Badeanstalt auf mich; beim ersten Friseur, den wir fanden, setzte er sich auf einen Sessel und las die Zeitung, während der Friseur mich rasierte und mir die Haare schnitt; und zum Schluß ging er mit mir in ein Bekleidungsgeschäft, wo er mir selbst ein paar Kleidungsstacke aussuchte und kaufte. Wir aßen kurz einen Happen und fuhren gleich darauf los.

Unser Ziel war eine Klinik am Bodensee, wo Tabori zur Rekonvaleszenz nach einer, wie Boris sagte, schweren Operation weilte. Als ich ihn wiedersah, erkannte ich ihn kaum, denn er war sehr abgemagert, sein Haar und auch sein Bart, in meiner Erinnerung dunkel, waren plötzlich ergraut. Er lag allein in einem Zimmer mit Blick auf den See. Es fehlten weder Bücher noch Zeitschriften, er hatte auch ein Tonbandgerät und Schreibzeug. Wenn nicht ein Sauerstoffgerät am Kopfende seines Bettes gestanden hätte, wäre es mir wie ein gewöhnliches Hotelzimmer vorgekommen.

Als ich ihn umarmte, konnte ich meine Gemütsbewegung nicht verbergen. Tabori schlang seine knochigen Arme um meinen Kopf, was er bisher noch nie getan hatte. ›Setz dich, mein Sohn‹, sagte er zu mir. Ich nahm einen Stuhl und stellte ihn neben das Bett. Als Boris gegangen war und uns allein gelassen hatte, begann Tabori zu sprechen. Wenn er mich, ohne mir ein Wort zu sagen, verlassen habe, so sei es geschehen, weil seine Gesundheit sich auf einmal verschlechtert habe. Und er bat mich um Verzeihung. Er habe nicht mehr lange zu leben und deshalb einen Rechtsanwalt gebeten, alles für eine Adoption vorzubereiten – ja, er habe beschlossen, mich vor seinem Tod zu adoptieren und mir all seine Bilder zu vererben ...«

»Dann hat die Geschichte also ein gutes Ende«, bemerkte Frisch.

»Leider nicht.«

»Was ist denn noch geschehen?«

»Tabori erklärte mir, daß er den Rest seines Erbes einer nicht genauer identifizierten ›Organisation zur Suche von Vermißten‹ überschrieben habe. Er sprach dann zum ersten Mal von einem Mann, den er schon seit Jahrzehnten suche. Die einzige Spur, die ihn zu ihm führen könne, sei das Schachspiel. Und er habe sich dessen auch bedient, um den Mann zu finden. Wenn es ihm gelungen sei, so habe er es mir zu verdanken. Und er bat mich wiederum, ihm zu verzeihen, daß er mich als Werkzeug benutzt habe. Er riet mir aber, auf der Hut zu sein, weil ich mich noch mitten im Spiel befinde und die Partie zu Ende spielen müsse. Es gebe eine Menge Dinge, die ich wissen müsse, und deshalb werde er mir, wie er es mir einmal versprochen habe, seine Geschichte erzählen. Eine Geschichte, die ich jenem Mann wiederholen solle. Nur auf diese Weise könne der sich an ihn erinnern.«

»Ich nehme an, es handelt sich um mich«, sagte Frisch.

Lassen wir den Zug weiterfahren. Der dunkle Nadelwald rückt an die Fenster heran und verwandelt sie in einen Spiegel. Nun scheinen sich auf einem Parallelgleis in einem Geisterzug zwei andere Gestalten reglos auf ihren samtbezogenen Sitzen gegenüberzusitzen, so als wären sie in ein Schachspiel vertieft, als sausten sie unversehrt durch die stürmischen Schatten der Nacht. Kaum eine Stunde noch, dann waren sie in Wien, genausolange brauchte Hans, um sein Finale zu Ende zu bringen, indem er der Person, die sich unter dem Namen Frisch verbarg, *meine* Geschichte erzählte.

Man sagt, zu den Gaben eines guten Schachspielers gehörten auch Zähigkeit und Geduld, diese besaß ich nie. Verfolgt man hartnäckig ein Ziel, so verstreichen die Jahrzehnte schneller und immer schneller, und ständig wächst die Angst zu scheitern. Da die Blutslinie aufhört und Hans, mein Adoptivsohn in extremis, die Aufgabe erledigen wird, werde ich von dem wachsenden Unredlichkeitsverdacht gegen mich selbst, dem Wunsch nach persönlicher Rache frei, dadurch erhalte ich wieder die Illusion, es sei, sagen wir, wenn nicht Gerechtigkeit erreicht, so doch zumindest eine Art Gleichgewicht, ein natürlicher Ausgleich. Sicher verbirgt sich hinter alldem auch eine Lehre, und ich vertraue fest darauf, sie vor meinem Tod zu verstehen.

Jetzt folgt die Geschichte, die ich Hans erzählt

habe, eine Geschichte, die ich mehr als vierzig Jahre lang mit mir herumgetragen habe. Diese Geschichte handelt von einer Person, deren Spur ich am Kriegsende verloren, aber seitdem ständig gesucht habe. Ich nehme davon Abstand, ihren Namen zu nennen, allein aus Rücksicht auf alle, die in diesem Land denselben Namen tragen, Menschen, die ehrlich leben, wie ich annehme, und nichts mit ihr gemein haben.

Es ist in erster Linie die Geschichte einer auf dem Schachbrett ausgetragenen Rivalität. Dieses Quadrat scheint nur demjenigen begrenzt, der seine Tiefe nicht sehen will oder kann: denn es handelt sich um eine keineswegs begrenzte und ganz und gar nicht um eine ungefährliche Welt. Ist die Partie einmal in Gang gesetzt – oft vollzieht sich gleichzeitig ein schöpferischer Akt, der gelegentlich ein echtes Kunstwerk hervorbringt –, steigert sie sich mit unfaßbarer Gewalt bis zum nicht vollzogenen, unsichtbaren Mord, dessen Ergebnis nur von den beiden Gegnern erkannt und gebilligt wird. Nichts verbindet zwei Menschen mehr als eine ernste Herausforderung auf dem Schachbrett. Sie werden zu den gegensätzlichen Polen einer geistigen Schöpfung, die das Werk beider ist, in dem sich jedoch der eine zugunsten des anderen auslöscht. Es gibt keine härtere und endgültigere Niederlage als jene, der man in diesem Spiel entgegengeht; die Spuren trägt man sein Leben lang. Wie der Körper kann auch die Seele sich nicht erneuern, und jede Erinnerung an eine derartige Verletzung wird massiv unterdrückt.

Dieses Wissen trieb mich unablässig weiter auf der

Suche nach diesem Mann: Viele Jahre zog ich kreuz und quer durch Europa, war immer auf den wichtigsten Turnieren, achtete auf alles, was mit Schach in Verbindung stand, und besaß schließlich ein gewaltiges Archiv – doch von ihm keine Spur, nie.

Meine Hoffnung, ihn aufzuspüren, beruhte auf der Überzeugung, daß ich ihn ganz sicher erkennen würde, auch wenn er seine Identität sorgfältig gewechselt, sich verkleidet, sein Aussehen verändert, selbst mit Hilfe eines Chirurgen seine Gesichtszüge umgestaltet hätte. Auch nach so vielen Jahren. Oft hatte ich jedoch innegehalten, nahe daran, meine vergebliche Suche aufzugeben. Was ist aus ihm geworden, fragte ich mich. Wo ist er? Außerhalb der Schachwelt hätte ich ihn nicht mehr gefunden. Meine Zweifel, ob er nicht das Schachspiel ganz aufgegeben hatte, wurden jedoch sehr bald beseitigt. Ein Schachspieler wie er gibt das Spiel niemals auf, dem er sich so viele Jahre mit einer derartigen Leidenschaft gewidmet hat, und selbst wenn er sich entschließt, an Turnieren und Wettkämpfen nicht mehr teilzunehmen, beschäftigt er sich dennoch weiter mit Schach. Er korrespondiert über die Begegnungen, widmet sich deren Studium und Analysen, und in einigen Fällen kann er auch ein geschätzter Gelehrter werden und Bücher oder Artikel über die Theorie des Schachs schreiben.

Es blieb nur die entfernte Möglichkeit, daß er in der Zwischenzeit gestorben war und ich meine Kräfte vergeblich verschwendete; jedoch verschaffte mir ein ständiges Gefühl der Bedrohung die Gewißheit, daß die Welt noch uns beide beherbergte.

Mit Hans habe ich über diesen Mann nie gesprochen. Ich nahm mir vor, es zu seiner Zeit zu tun, wie auch immer die Dinge laufen würden. Aber in der Zwischenzeit sollte er nichts weiter machen, als an meiner Stelle zu spielen. Jeder andere Gedanke hätte ihn abgelenkt. Deshalb ließ ich ihn über meine Pläne im unklaren. Ich wollte ihn in seiner Lehrzeit, die ich ihm auferlegt hatte, nicht ablenken. Seine risikoreiche und kämpferische Spielweise hatte mir sofort gefallen, und ich hatte in ihm den idealen Vollstrecker meiner Strategie gefunden. Nur er war in der Lage, meine Variante zu übernehmen und im Spiel tatsächlich anzuwenden; die Schachwelt, die immer nach Neuigkeiten dürstet, würde sich sofort darauf stürzen und sie einer allergenauesten Analyse unterwerfen. Sicher bliebe sie nicht unbemerkt, und selbst wenn man sie auseinandernehmen würde, mußte derjenige sie in dieser Zeit sehr wohl bemerkt haben, weil er sie sehr genau kannte und sie selbst ausprobiert hatte.

Die Geschichte, die ich hier erzähle, ist aber nicht nur die Geschichte einer irdischen Rivalität, sondern auch die einer *Abstoßung,* in der Bedeutung einer unbezwingbaren Kraft, die von einer Intelligenz genährt wird, die nicht nur unabwendbare Ereignisse hervorbringen, sondern auch jedes menschliche Prinzip umstoßen kann und mit äußerster Härte schreckliche Selbstzweifel und schließlich die Gewißheit einzuflößen vermag, wir seien, zusammen mit der uns beherrschenden Gottheit, das einzig existierende Übel.

Ich sage das, weil ich überzeugt bin, daß das Thema meiner Erzählung über den rein persönlichen Bereich hinausgeht. Da ich mir sicher bin, daß jedes

Phänomen, auch das allergrößte, auf einen unendlich kleinen Ausgangspunkt zurückzuführen ist, glaube ich gelegentlich auch in meinen düstersten Überlegungen, daß der Ursprung dieser unaufhaltsamen Kettenreaktion – die in Kürze mit dem Umsturz der Welt endete – in einem Saal des luxuriösen Hotels Friedrichsbad liegt, wo wir uns als Jugendliche zum ersten Mal am Schachbrett gegenübersaßen.

Wenn Sie mich fragen würden, wann genau ich angefangen habe, Schach zu spielen, könnte ich nicht antworten. Mir scheint, ich konnte schon immer spielen und spielte schon vor langer, langer Zeit und weit von hier entfernt. Was ich noch lernen mußte, waren die in diesem Jahrhundert und auf diesem Planeten geltenden Regeln.

Gleichwohl ist das Schachspiel untrennbar mit der Gestalt meines Vaters verbunden, oder besser, mit etwas wie eine Projektion der Vergangenheit hinter ihm Stehendem, einem eingeweihten und einflußreichen Schatten.

Bei meinet Geburt war mein Vater schon in vorgeschrittenem Alter. Uns trennten fast fünfzig Jahre. Ich war der einzige Sohn und er ein strenger Vater. Nur in der Zuneigung meiner Mutter konnte ich kurzfristig Zuflucht finden, und nur mit ihrer Hilfe konnte ich mich altersgemäßen Spielen widmen, die mein Vater läppisch und gefährlich fand. Nach seiner Meinung mußte alles, was mich betraf, einen bildenden und pädagogischen Zweck verfolgen. Soweit meine Erinnerung zurückreicht, gab es keinen Augenblick der Freude oder Unbeschwertheit, der nicht mit einem Schuldgefühl verbunden war. Für meinen Vater mußte jeder noch so leichte Fehltritt bestraft werden; aber die Strafe durfte nicht im Zorn oder Groll erfolgen, im Gegenteil, alles mußte sich ruhig und heiter abspielen, als handelte es sich um die Anwendung einer Therapie. Eine Szene ist mir in diesem Zusammenhang besonders in Erinnerung geblieben: Wenn er mich für meinen Ungehorsam bestrafen wollte, benutzte er einen alten Gürtel, einen Hosengürtel, damit ich es auch spürte. Zu jener Zeit war es eine übliche Bestrafung, aber er nahm sie auf seine ganz persönliche Art vor. Er bestrafte mich nicht sofort. Und er ließ mich auch nicht wissen, wann er mich bestrafen würde. Er ließ mich lange im unklaren. Bis er eines Abends, nach dem Essen, als ich den Korridor entlanglief und zu Bett gehen wollte, die Antwort auf meine Fragen gab: Auf dem Grund einer Glasschüssel, die bis zum Rand mit Wasser gefüllt war und deutlich sichtbar auf einer Konsole stand, erblickte ich den Gürtel meines Vaters, zusammengerollt wie eine schwarze Schlange. Das war die Ankündigung, die Androhung einer Strafe, die noch über mir schwebte und um Tage und Wochen aufgeschoben und verzögert wurde, bis meine Schuld überfloß, und erst dann, wenn auch selten, bekam ich meine Strafe, sehr schnell und wenn ich es am wenigsten erwartete. Es konnte auch mitten in der Nacht sein. Dann kam mein Vater mit dem Gürtel in der Hand und weckte mich, um die Rechnungen zu begleichen.

Nach den Lehren, die wir erhalten haben, blieb mein Vater für mich die irdische Verkörperung einer unermeßlichen geistlichen Hierarchie. Er stand auf der ersten Rangstufe unseres Glaubens, war das fühlbare Sinnbild des erhabenen Höchsten, der, so schrecklich er sich für mich auch darstellen mochte, stets absolute Ergebenheit und absoluten Gehorsam von mir erwartete.

Ein moderner Soziologe könnte behaupten, mein Talent für das Schachspiel hätte sich in dem Umfeld entwickelt, in dem ich meine ersten Lebensjahre verbrachte. Ich dagegen ziehe es vor, an die Präexistenz des Talents zu glauben, das nur von der Person und der Welt angezogen wird, die ihm die Möglichkeit geben, sich zu entfalten. Wie dem auch sei, tatsächlich war mein Vater ein passionierter Schachspieler und hatte in seiner Jugend sehr gut gespielt. Nach seinen Worten war Tschigorin höchstselbst sein Freund und Lehrer gewesen. Natürlich spielte er damals wegen seines Alters und vieler anderer Verpflichtungen nicht mehr, aber seine Leidenschaft war geblieben.

Mein Vater war ein reicher Kunsthändler, reiste ständig in der Welt herum, und sobald ich meine ersten Schritte machte, nahm er mich mit auf seine Geschäftsreisen. Sie boten mir die Gelegenheit, hochrangige Turniere zu besuchen und Partien der großen Meister jener Zeit zu verfolgen. Gewöhnlich wählte mein Vater eine der interessantesten Partien aus, und gemeinsam schauten wir dem Spiel zu, das von den Angestellten auf großen Wandschachbrettern für das Publikum wiedergegeben wurde. Schach war also für mich schon vom zarten Kindesalter an eine verständliche Sprache. Es war für mich, als wohnte ich der natürlichsten Sache der Welt bei, als bewunderte ich den Himmel oder die Sonne, an deren wohltuender Existenz es absolut nichts zu rütteln oder auszusetzen gibt. Sicher dachte mein Vater daran überhaupt nicht; für ihn war wichtig, daß ich ein ruhiges und wohlerzogenes Kind war, in Anbetracht dessen, daß ich viele Stunden neben ihm zubringen mußte, ohne Zeichen von Ungeduld erkennen zu lassen.

Zu jener Zeit zog zwischen Europa und Amerika eine ansehnliche Gruppe von Spielern hin und her. Sie wirkte wie ein wandelnder Olymp, auf dessen Gipfel Capablanca, der Kubaner, saß. Er trug den Titel des Weltmeisters, den ihm keiner mehr abnehmen zu können schien, nachdem er ihn Emanuel Lasker einmal entrissen hatte.

Unter den damaligen Großmeistern erweckte einer die uneingeschränkte Bewunderung meines Vaters. Es handelte sich um Akiba Rubinstein, der übrigens als einer der größten Spieler aller Zeiten gilt. Auch wenn sein labiles Nervensystem es ihm nie erlaubte, die erste Stelle einzunehmen, gilt sein Spiel als unerreichbar. Und mein Vater tat alles, um bei jedem Turnier dabeizusein, auf dem er spielte. Er reiste plötzlich ab, versicherte, wichtige Geschäfte erledigen zu müssen, und nur er und ich wußten, daß diese Reisen mit irgendeinem Wettkampf zusammenfielen, der in einer der Städte auf unserer Strecke stattfand. Stimmte es, daß in Prag kostbares Geschirr verkauft wurde? Gewiß, aber dort spielte auch Rubinstein. War in London eine wichtige Auktion angekündigt? Ja, aber sicher machten wir auf dem Weg an irgendeinem Ort halt, an dem sich zufällig an diesen Tagen Rubinstein aufhielt. Ich weiß es nicht, und ich habe mich oft gefragt, ob seine grenzenlose Bewunderung nur seiner Spielweise galt oder nicht ein wenig auch ihren Grund darin hatte, daß mein Vater denselben Nachnamen trug (Tabori, der Name, den ich nach dem Krieg annahm, war in Wirklichkeit der Nachname meiner Mutter) und daß beide aus dem osteuropäischen Ghetto stammten. Tatsache ist, daß er allein bei der Nennung seines Namens jünger wurde; und ich erinnere mich gut, daß ich sah, wie er bei der Bewegung der Schachfiguren, wenn er eine seiner berühmten Partien nachstellte, einen merkwürdig strengen Gesichtsausdruck bekam (hinter dem er nur seine Gemütsbewegung verbarg), denselben, der auf seinem Gesicht erschien, wenn er vor einem Bild stehenblieb, das er schätzte, oder wenn er Musik hörte.

Eines Tages bat ich meinen Vater, mir das Schachspielen beizubringen. Er hatte es mir nie vorgeschlagen; zwar hatte er mir auch nicht verboten, die Figuren anzufassen, doch tat er einfach nichts, um meine Leidenschaft zu wecken. Bis ich ihn schließlich (und vielleicht erwartete er genau das von mir) ganz spontan bat, es mich zu lehren. Ich war sechs oder sieben Jahre alt. In Wirklichkeit wußte ich, wie ich schon gesagt habe, fast alles über Schach; nur einige Regeln, wie das Schlagen »en passant« oder die Rochade, verstand ich überhaupt nicht. Mein Vater holte das Schachbrett und machte sich als guter Pädagoge, der er war, an die Arbeit. Er fing mit mir zu spielen an und war sich offenkundig sicher, daß er mir wer weiß welche Erklärungen geben müßte, aber im Verlauf der Partie veränderte sich sein Gesichtsausdruck allmählich: anfänglich amüsiert, dann verwundert, darauf verblüfft und schließlich sogar besorgt. Sehr schnell, fast ohne daß er es bemerkte, befand er sich in Schwierigkeiten. Er konnte nicht mehr glauben, daß er mir Grundlegendes beibringen müßte, und hin und wieder blickte er mich über seine Brille hinweg merkwürdig an. Kurz darauf scheiterte sein demonstrativ optimistischer Angriff kläglich; zunächst war er gezwungen, einen Bauern zu opfern, dann einen Springer, und schließlich, als er gewahr wurde, daß er, wenn er so weiterspielte, verlieren würde, unterbrach er die Partie und stellte das Schachbrett beiseite.

Einige Tage später führte mich mein Vater in ein Kämmerchen neben seinem Arbeitszimmer, das viele Jahre lang verschlossen geblieben war und in das nur er hinein konnte. Von kindlicher Neugier angetrieben, hatte ich in seiner Abwesenheit sogar häufig versucht, das Schloß mit Gewalt zu öffnen, um zu sehen, was dort verborgen war; und jetzt, da mein Vater mich selbst hineinführte, war ich erstaunt und bestürzt zugleich; vielleicht wollte er mich bestrafen wegen irgendeines Fehltritts oder dafür, daß ich mehrmals versucht hatte, diese Tür zu öffnen, durch die ich jetzt trat.

Ich zitterte also vor Aufregung und Angst, als wir in den Raum getreten waren und er mich vor einem Schachbrett Platz nehmen ließ, das auf einem Sockel stand. Es allein leuchtete im Halbdunkel des Raums und ähnelte keinem der Spiele, die ich in meinem Leben gesehen hatte. Dann sagte mein Vater zu mir, er wolle jetzt mein Lehrer sein, wie es einst sein Vater für ihn und sein Urgroßvater für seinen Großvater gewesen seien. Schachspielen, erzählte er mir, werde in unserer Familie seit Jahrhunderten von Generation zu Generation weitergegeben. Man glaubte, daß einer unserer Vorfahren diese Kette in Gang gesetzt habe – unter Androhung schlimmer Strafe für denjenigen, der sie unterbrechen würde –, es soll ein Kaufmann gewesen sein, der am Anfang des siebzehnten Jahrhunderts lebte. Dieser hatte Giocchino Greco nach einer Rückkehr aus dem Orient getroffen, hatte mit ihm Schach gespielt und eine Ladung kostbarsten Schiras dabei verloren. Überliefert ist, daß mein Ahn wollte, daß von da an der Erstgeborene seines Stammes sich in diesem Spiel hervortue. Ich habe nie erfahren, ob es sich um eine erfundene Geschichte handelt oder ob ihr ein Körnchen Wahrheit zugrunde liegt. Vielleicht hat man mir von einem materiellen Verlust erzählt, weil es meinem kindlichen Denken einsichtiger war, aber auch in der Folgezeit habe ich stets vermutet, daß sich hinter dieser Geschichte etwas anderes verbirgt, das mir mein Vater eines Tages enthüllen oder ich selbst schließlich herausfinden würde.

Vor mir stand ein sehr merkwürdiges Schachspiel. Es schien aus einer anderen Welt zu stammen oder ein heiliger Gegenstand zu sein. Auf einer Seite waren die zweiundzwanzig Buchstaben des hebräischen Alphabets zu sehen, und auf den übrigen drei, mit der Zeit fast verwischt, drei Inschriften, die mein Vater entziffert zu haben meinte. In allen dreien kehrte das Wort »Schmerz« wieder: »Du wirst keinen Schmerz verursachen«, »Du entkommst dem Schmerz« und »Du lernst aus dem Schmerz«. Sie klangen wie ein Gebot oder wie eine unergründliche Prophezeiung. Mein Vater erzählte mir auch von der außerordentlichen Wirkung, die dieses Schachspiel hervorrufen könnte. Er sagte mir, es besitze die Kraft,

Fehler sofort zu bestrafen, denn es reagiere auf jede unbewußte Ansammlung negativer Energie, die jeder Angriff auf die Harmonie mit sich bringe, und bleibe nur angesichts des Unbewußten eines Narren oder der übermenschlichen Hingabe eines Genies völlig wirkungslos. Und als mein Vater mich dieser Prüfung unterzog (aus der ich unbeschadet hervorging), muß ihm der erste Verdacht gekommen sein, daß die ganze Fülle der uns überlieferten Erfahrung in mir ihren Höhepunkt erreicht hatte.

In der folgenden Zeit mußte er zu der Erkenntnis gelangen, daß ich ein wahres Naturtalent war. Ich konnte es mir erlauben, die Regeln ganz offen umzustoßen, wie es ein Jongleur mit den Gesetzen der Schwerkraft tut, und auf diese Weise die Partien in die sonderbarsten und paradoxesten Komplikationen zu bringen. Tatsächlich liebte ich das Risiko über alles und freute mich am meisten, wenn ich aus einer scheinbar hoffnungslosen Situation siegreich hervorging.

Mein Vater war jedoch sofort der Meinung, daß mein Überschwang durch Disziplin und methodisches Studium eingedämmt und kontrolliert werden müßte. Natürlich hatte ich mir nie vorstellen können, was mir bevorstand, als ich ihn gebeten hatte, mir das Schachspielen beizubringen. So kam es, daß ich dieses Spiel, das ich so liebte, manchmal haßte; denn Praxis und Studium, so wie sie mir abverlangt wurden, stellten eine echte Folter für mich dar. Mein Lehrer erwies sich als unerbittlich, er ließ mich stundenlang üben, so wie man auf einem Musikinstrument übt, wobei die Perfektion immer eine Stufe von der Perfektion entfernt ist. Gott allein weiß, wie sehr ich mir wünschte, eine einzige Partie nur zum Vergnügen zu spielen, wie meine Altersgenossen es taten; wie sehr ich mir wünschte, noch einmal, und sei es auch nur für einen einzigen Augenblick, die rein spielerische Seite des Schachspiels zu erleben. Aber das blieb mir vom ersten Moment an versagt, als mein Vater mir sagte, daß der Schachkult, vor allem die Strenge des Spiels, in unserer Familie seit Generationen überliefert sei. Und bisher habe sich ihm niemand entzogen.

Er war also mein erster und einziger Lehrer. Ein strenger und unerbittlicher Lehrer. Ich konnte nur mit ihm spielen. Ich mußte ihm sogar schwören, niemals eine einzige Partie mit einem anderen zu spielen – auch nicht mit einem Schulkameraden. Er nahm mich weiterhin zu Turnieren mit, allerdings nur zu den wichtigsten, und verlangte von mir, mich in den einen oder anderen Spieler hineinzuversetzen und die Züge vorauszusagen. Es war eine ausgezeichnete Übung, das kann ich nicht leugnen, und ich irrte mich selten. Ich hätte sogar brillantere Zugfolgen gewagt, doch leider, noch war nicht ich es, der die Figuren bewegte.

In dieser Zeit, zwischen meinem neunten und zwölften Lebensjahr, entdeckte ich, daß ich eine Art hellseherischer Fähigkeit besaß. Ich konnte erkennen, wie sehr ein Mensch – ein Schachspieler – Sklave dieses Spiels war. Ich sah mitten auf der Stirn wie eine Art Rißwunde ein leuchtendes, sternförmiges Loch, ein Erkennungszeichen – könnte man sagen. Es war manchmal nur schwach, deutlich sichtbar hingegen bei jenen, die von ihrer Schachleidenschaft völlig besessen und dazu bestimmt waren, sich im

Schachspiel entweder zu verwirklichen oder darin zugrunde zu gehen. Sie erlebten es als ein irdisches Sühneopfer oder eine lebenslängliche Verdammnis. Diese Erscheinung, die der Flamme eines Irrlichts glich und sich mir nur bei besonderen Gelegenheiten, bei diffuser Beleuchtung, am ehesten im Halbdunkel zeigte und von meinem Willen unabhängig war, verschwand nach Vollendung meines dreizehnten Lebensjahrs und tauchte nicht wieder auf, bis auf ein einziges Mal zehn Jahre später, unter ganz besonderen Umständen.

Mein Vater war wegen seiner Leidenschaft, die sich sehr häufig in Mäzenatentum ausdrückte, in der Schachwelt sehr bekannt, und einige der besten Spieler jener Jahre waren sogar ständig zu Gast bei uns. Unser Haus in München wurde oft von Schachfreunden besucht, und wenn sie beisammensaßen, dann gab es nur ein Thema. Nicht selten ging man von dem Gespräch über diese oder jene Partie zur Demonstration auf dem Schachbrett über. Bei den Analysen durfte ich zuhören, mich sogar selbst einmischen und meine Meinung sagen, weil das Schachspiel keine Geheimnisse mehr für mich barg. Obwohl ich keinen anderen Gegner als meinen Vater gehabt hatte, hörte man sich meine Meinung an, und meistens war sie richtig. Es erfüllte mich mit Stolz, daß mein Vater mich bei diesen Gesellschaften wie einen Erwachsenen behandelte, er erlaubte mir, lange aufzubleiben, wenn ich es wollte. Er warnte die anderen ganz ernsthaft und verkündete, daß sie mich in Kürze in ihrer Mitte sehen würden.

Es gab eine Zeit, da waren die größten Schachmeister in unserem Haus. Vidmar, Tartakower, Snosko-Borowsky und der korpulente Bogoljubow, der als offizieller Herausforderer des Weltmeisters galt, gehören zu jenen, an die ich mich noch gut erinnere. Vidmar war ein höflicher und schweigsamer Mann. Bei Tisch war er ein sehr bescheidener Esser: er behandelte seinen eigenen Magen mit demselben Respekt wie das Schachspiel. Während »Snosko« und »Bogo« tüchtige Esser waren: lärmende Sanguiniker, und sie tranken leidenschaftlich gern Wodka beziehungsweise Bier. Doktor Tartakower war hingegen ein perfekter Gentleman und außerdem ein sehr guter Pianist. Zudem kannte er Zauberkunststücke, bei denen ich mit offenem Mund zusah.

Dennoch ließ mich diese Welt, die für mich aus Helden und unbesiegbaren Kämpfern bestand, eines Tages erkennen, wie schwach die Fundamente sind, auf denen sie steht, und daß sich unter bestimmten wunderbaren Geistesgebilden, nur getrennt durch eine sehr dünne Kruste, eine leere Welt verbarg, die ständig einzustürzen und alles mit sich zu reißen drohte.

In den Biographien über große Schachspieler der Vergangenheit hatte ich von dem manchmal harmlosen, manchmal gefährlichen Wahnsinn gelesen, der das Leben großer Schachgenies geprägt hatte. Ich wußte von der bleiernen Melancholie, in die der große Morphy versunken war, von dem grausamen Tod, dem der sehr junge Pillsbury entgegensehen mußte, von dem Rausch der Omnipotenz, in den der klare Geist von Steinitz in seinen letzten Lebensjahren versank. Dennoch können wir, solange wir solche Dinge in Büchern lesen, nicht wissen, daß Krankheit, Schmerz und Irrsinn für alle gleich sind, nur daß sie, wenn ein Genie ihr Opfer wird, auf noch schrecklichere Weise wüten.

Ich werde nie den Abend vergessen – der für uns zu einem echten Erlebnis werden sollte –, an dem Akiba Rubinstein in unser Haus kam. Nach jahrelangem eindringlichen Bitten meines Vaters brachte ihn Doktor Tartakower schließlich zu uns. Rubinstein hatte kurz zuvor in Budapest einen Erfolg errungen und anschließend an einem wichtigen Turnier in Karlsbad teilgenommen, auf dem er Dritter wurde nach Nimzowitsch und Capablanca. Noch war er ohne Zweifel ein großer Spieler. Mein Vater sprach schon Wochen vorher von diesem Abend. Er war entsetzlich aufgeregt. Und einige Tage waren wir im Zweifel, ob Rubinstein kommen würde oder nicht. Wir wußten, daß er weder Freunde noch Verwandte hatte und daß sein Gesundheitszustand nicht der beste war. In München wohnte er in einem Hotel, dessen Adresse Doktor Tartakower bekannt war. Er selbst hatte ihn hingebracht und die Rechnung aus eigener Tasche bezahlt, denn er hatte herausgefunden, daß Rubinstein ohne einen Pfennig und ohne ein Ziel in der Nähe des Bahnhofs herumirrte und klagte, er sei im Zug beraubt worden. Wir wußten auch, daß er keine große Zuneigung für Bogoljubow und einige andere Schachspieler hegte, die mein Vater auch vorsichtigerweise nicht eingeladen hatte. Ich hatte tausend Ermahnungen erhalten. Ich sollte ihn nicht anstarren, ihn nicht ansprechen. Natürlich hatten alle diese Vorkehrungen meine bereits große Neugier auf diese Persönlichkeit noch vergrößert.

Wir warteten bis zum späten Abend. Als wir bereits an seinem Kommen zweifelten und uns zu Tisch setzen wollten, hörten wir, wie ein Taxi vor unserem Haus anhielt. In Begleitung von Doktor Tartakower trat Rubinstein, ohne ein Wort zu sagen, nur mit einem kurzen Kopfnicken ein. Zunächst wollte er nicht einmal seinen Mantel ausziehen; schließlich überließ er ihn widerwillig einem Diener. Dann setzte er sich auf den Platz, den man ihm zugewiesen hatte, doch zuvor wischte er den Stuhl mit einem Taschentuch ab. Ich hatte ihn zwar früher schon oft auf Turnieren gesehen, aber noch nie so nah. Er war ein ziemlich fett gewordener Mann mit einer Bügelbrille, einem pomadisierten Schnurrbart und mit schütteren Haaren, die er kunstvoll über die Stirn gelegt hatte.

Einer der Anwesenden hielt es für seine Pflicht, ihn zu seinem letzten Erfolg zu beglückwünschen. Darauf folgte ein kurzer Applaus, der ihm eine Grimasse der Genugtuung abrang, aber sofort ging er wieder dazu über, Geschirr und Besteck mit dem Taschentuch abzuwischen, das er zusammengeknüllt in der Hand hielt – ein im übrigen offensichtlich unnötiges Unterfangen, denn von allen Speisen, die ihm gereicht wurden, kostete er nur ein paar Bissen, stocherte jedoch ständig mit der Gabel auf dem Teller herum, als suchte er etwas. Mit seiner Sprache ging er nicht weniger sparsam um; nach einer Stunde hatte er ungefähr zwei Worte gesprochen. Und dennoch war es Rubinstein, »der Mann, dem im Spiel kein Sterblicher gleichkommt«, und da saß er, mir direkt gegenüber.

Die anderen hatten, wenn auch halblaut, ihre Unterhaltung wiederaufgenommen, doch herrschte unter den Gästen Verwirrung. Es war unvermeidlich, daß man über Schach sprach, ein Thema, das zweifellos auch unseren angesehenen Gast interessieren mußte. Aber vielleicht nahm ihn das Schachspiel derart in Anspruch, daß er nicht noch darüber sprechen wollte.

Es war schon Mitternacht, und aus dem Salon drangen kaum wahrnehmbar die Schläge einer Pendeluhr herüber, als sich Rubinsteins Glas über den Tisch ergoß. Plötzlich schien er aus seiner Trägheit zu erwachen, und alle verstummten. Doch der Satz, den er hervorbrachte, hatte nichts mit dem zu tun, worüber gerade gesprochen worden war. Er tauchte vielmehr, wer weiß wie, unversehens aus seinem ständig in der Tiefe verborgenen Sein hervor. Dieser Satz ließ uns erstarren, weil er einen versteckten Hilferuf enthielt.

»Sie klopfen«, sagte er mit einer Fistelstimme, »sie lassen mich nie in Ruhe, diese Quälerei nimmt nie ein Ende, Tag und Nacht klopfen sie an die Wände meines Zimmers.«

Nachdem er diese Worte gesprochen hatte, versank er wieder in sich, und für den Rest des Abends sagte er nichts mehr, aß keinen Bissen mehr, trank nichts mehr und blieb wie festgenagelt auf seinem Stuhl sitzen und betrachtete seine Hände.

Sein Gesicht wurde von einem diffusen Licht erhellt, und hinter ihm sah man die nackte Wand. Es waren die idealen Bedingungen, um meine Fähigkeiten zu wecken. An diesem Abend sah ich tatsächlich ganz deutlich, während ich Rubinsteins Kopf betrachtete, welche Ausmaße der Riß bei ihm angenommen hatte: er schien sich über seine ganze Stirn zu erstrecken, und die Ränder waren nur sichtbar in Form einer dünnen, ausgezackten Linie – so zart war sie, daß sie nicht mehr lange halten konnte.

Ich konnte damals nicht wissen, daß das gerade beendete Turnier sein letztes gewesen sein sollte und daß er nun endgültig verdammt war. Eine fortschreitende unheilbare Katatonie hatte ihn gepackt.

Bald darauf fand mein Debüt statt, doch auf eine unverhoffte Weise, und zwar 1929 an Bord der *Bremen*, eines Dampfschiffs, das uns von Europa nach New York brachte. In den ersten Tagen unserer Reise verkündete mein Vater, er habe eine Überraschung für mich. Eines Abends führte er mich dann in den Empfangssaal, wo ich viele im Kreis angeordnete Tische sah, auf denen spielbereite schöne Schachbretter standen. José Raúl Capablanca sollte simultan auf fünfundzwanzig Schachbrettern spielen; und unter den Namen der Teilnehmer, zu denen nicht wenige Meister gehörten, stand auch meiner.

Die Erregung, die ich empfand, mich mit dem großen Capablanca messen zu können, einem Spieler, der zu einer echten Schachlegende geworden war, entschädigte mich für alle meine Opfer. Ich erreichte durch eine erzwungene Zugwiederholung ein Remis beim neunundzwanzigsten Zug. Es waren drei, die ein Remis erreichten: zwei bekannte Meister und ich; alle anderen hatten die Partie nach wenigen Zügen verloren. Ich war noch ein Junge, und Capablanca schüttelte mir persönlich die Hand und prophezeite mir eine glänzende Zukunft.

Zu dieser Zeit verfolgten alle Schachbegeisterten

gespannt die endlosen Verhandlungen über ein Revanchematch um den Weltmeistertitel. Nachdem Capablanca die Bühne über zwanzig Jahre lang beherrscht hatte, war er schließlich entgegen allen Vorhersagen von dem aufgehenden Stern Alexander Aljechin geschlagen worden, und jetzt versuchte er mit allen Mitteln, eine Revanche zu bekommen. Es waren schon zwei Jahre vergangen, aber es war nichts zu machen. Der Russe war offensichtlich nicht geneigt, sich mit ihm zu messen, und brachte tausend Ausreden vor, um den Kampf zu verschieben. Sicher hatte er das aufreibende Match gegen den Kubaner, das sich über vierundsiebzig Tage hinzog, noch lebhaft in Erinnerung.

Trotz dieser einzigen Niederlage hatte der Exweltmeister nichts von seiner Größe verloren und nahm weiterhin an internationalen Turnieren teil, wo er einen Sieg nach dem anderen errang. Ihm war es zu verdanken, daß das Schachspiel eine immer größer werdende Zahl von Anhängern gewann. Zu dieser Zeit behaupteten alle, Schach spielen zu können. Es war so, als ob die Leute sich der Bedrohung einer beunruhigenden Zukunft entziehen wollten. Auf diese Weise erlebte das Schachspiel ein goldenes Zeitalter, vergleichbar nur mit der Zeit vierzig Jahre später, die von der ungestümen Persönlichkeit Bobby Fischers geprägt wurde. Es gab keine Stadt, die nicht im Jahr wenigstens ein Turnier organisiert hätte, und die stattlichen Geldsummen, die dank der Unterstützung von Mäzenen (darunter auch mein Vater) als Preise ausgesetzt wurden, lockten geachtete Namen an. Auch die Verlagswelt räumte dem Schachspiel einen großen Raum ein. Die Klassiker wurden neu aufgelegt, es wurden unzählige Handbücher, Sammlungen von Schachpartien und Berichte von Turnieren gedruckt. Es gab keine Tageszeitung, die nicht eine eigene Rubrik hatte, in der neben den hochrangigen Partien die ewigen Streitschriften zwischen Spielern gegnerischer Fraktionen oder zwischen leidenschaftlichen Lesern, die ihre Meinung zu dieser oder jener Begebenheit kundtun wollten, veröffentlicht wurden. Damals wurde viel darüber gesprochen, ob man zum Schachspielen List oder Intelligenz brauche oder, wie angeblich für die anderen Künste, Inspiration. Aljechin selbst, der neue Weltmeister, schien bereits die Schachwelt in zwei deutlich voneinander geschiedene Kategorien aufteilen zu wollen: auf der einen Seite die reine Kunst, auf der anderen eine Art pure Sportlichkeit, die nur darauf aus war, in den Wettkämpfen um jeden Preis zu gewinnen, auf Kosten des Spiels.

In diese Welt trat ich damals mit dem stillschweigenden Versprechen ein, sehr bald mit den großen Meistern jener Zeit zu wetteifern. Und schließlich um den Weltmeistertitel zu kämpfen.

Nach dem glänzenden Debüt hatte ich, als wir aus Amerika zurückgekehrt waren, erwartet, nun könnte ich anfangen, auf Qualifikationsturnieren zu spielen; aber es kam anders, als ich dachte. Mein Vater oder, so sollte ich besser sagen, die unermeßliche Eitelkeit meines Vaters ließ sich von einem Theaterimpresario überzeugen, der kleine Aufführungen und unterhaltsame Spiele in Urlaubsorten organisierte, daß ich in einigen Simultanveranstaltungen mit nicht mehr als fünfundzwanzig Schachspielen auftreten sollte. Ich war elf Jahre alt und sah weder aggressiv noch intelligent aus. Wer erwartet hatte, gegen einen bärtigen Alten mit gefurchter Stirn spielen zu müssen, war verblüfft, als er einen Jungen mit kurzen Hosen vor sich sah. Sehr oft wurde ich bei meinem Erscheinen auch mit einer ungläubigen Lachsalve begrüßt oder sogar mit einem Hohngelächter. Meine Gegner waren fast immer Erwachsene, manchmal auch prominente Leute oder Adlige; aber alle hatten von dem Spiel nur eine sehr begrenzte Auffassung, deshalb wurde ich mit ihnen ohne Schwierigkeiten fertig. Es war amüsant, das muß ich gestehen; mir gefiel es, wie sie kämpften, sich verhaspelten, die Geduld verloren, wütend wurden ... Im allgemeinen glaubten sie ihren eigenen Augen nicht, obwohl sie vor ihrer unausweichlichen Niederlage standen; schließlich mußten sie sich in die Tatsache fügen: ich war stärker als sie. Einige jedoch rechtfertigten ihre Niederlage mit der Behauptung, sie hätten freiwillig verloren, um mir Kummer zu ersparen. Andere hingegen beschuldigten mich, zu betrügen (wenn es überhaupt möglich ist, beim Schachspiel zu betrügen). Sie behaupteten, daß mir die Züge durch eine vorher abgesprochene Mimik meines Lehrers, der im Saal saß, mitgeteilt wurden. Andere wiederum sagten, ich hypnotisierte meine Gegner, läse ihre Gedanken, wäre vom Dämon besessen; und es waren auch welche, die behaupteten – und die Meinung hatte sich mit erstaunlicher Schnelligkeit verbreitet –, ich wäre nicht elf Jahre alt, sondern dreißig, ein als Kind verkleideter Zwerg. Kurzum, ich wurde wie eine Jahrmarktsfigur behandelt, und als solche verachtete man mich. Bis eines Tages in einer Zeitung der Artikel mit dem Titel *Der Auftritt eines kleinen Juden* erschien. Von da an nannte man mich einen Juden, und in diesem Wort steckten alle nur möglichen Verleumdungen.

In dieser Zeit geschah es, daß ich ihm bei einem meiner Auftritte zum ersten Mal begegnete. Ich glaube, jeder von uns hat irgendwo auf der Welt seinen eigenen Antagonisten, das negative Alter ego, wie das, welches den heiligen Namen auf dem Lebensbaum entgegengesetzt ist: die K'lippa. Diesen Namen sollte man nicht aussprechen, sagen die Weisen, da die Schlange jederzeit ihren Kopf heben könnte. Es ist der Gegner, dem man sich nie gegenüber sehen möchte und auf den man schließlich doch stößt, weil er Teil unseres eigenen Wesens ist. In meinem Fall schien es so, als ob alle Anstrengungen, auch die der früheren Generationen, nur darauf abzielten und seit Jahrhunderten nur darauf abgezielt hätten, dieses tödliche Zusammentreffen zustande zu bringen.

Ich traf meinen vorherbestimmten Gegner in Baden-Baden während einer Simultanveranstaltung im Hotel Friedrichsbad. Es soll nicht selbstverständlich klingen, wenn ich sage, daß er menschliche Züge hatte. Unter den zahlreichen Gegnern, gegen die ich antreten mußte, war ein Junge – er war als letzter angekommen –, der zwei oder drei Jahre älter war als ich. Er schmückte sich mit dem Titel eines Barons, und auch er wurde von einem stolzen Vater begleitet. Ich bemerkte sofort das mir wohlbekannte Zeichen des hoffnungslos seiner Leidenschaft ausgelieferten Schachspielers auf seiner Stirn. Ich sah ebenfalls, daß er mich beneidete und zugleich verachtete. Er war der einzige, der mich wirklich in Schwierigkeiten brachte; denn richtig ist, daß mir an jenem Abend schien, als spielte ich eine einzige, aufreibende Partie. Obgleich ich zwischen den im Kreis aufgestellten Schachspielen hin und her ging und jeweils meine Züge machte, hatte ich ständig nur seine Stellung im Kopf.

Er war der letzte, der noch im Spiel blieb, und die Partie endete zu meinem Glück remis. Sein Vater war von größtem Stolz erfüllt und schien allen sagen zu wollen: Seht ihr! Bei der nächsten Gelegenheit wird mein Sohn ihm eine kräftige Lektion erteilen, diesem Rotzbengel! Und der Gesichtsausdruck seines Sohns stand dem in nichts nach. Gegenüber vielen Menschen verhielt er sich so, als hätte er gewonnen, und an jenem Abend war in jeder Hinsicht er der Gefeierte. Ein begeisterter Anhänger stellte ihn den Zuschauern als das vielversprechende Schachtalent vor und sprach über ihn wie über den kommenden Anwärter auf den Weltmeistertitel.

Am Ende ebendieses Abends stieß er auch seinen Fluch aus. Er erwartete mich, hinter einem Vorhang versteckt, in einem Flur, und als ich auf dem Weg in mein Zimmer an ihm vorbeikam, drängte er mich an die Wand und drückte mir die Faust drohend ins Gesicht. »Das wirst du mir bezahlen, Jude!« zischte er. Er war größer und stärker als ich, und ich konnte auf seinen Angriff überhaupt nicht reagieren.

Diesen Vorfall vergaß ich nie. Es war das erste Mal, daß mich jemand ernsthaft bedrohte, und von diesem Moment an hatte ich die Gewißheit, ihm auf meinem Weg wieder zu begegnen.

Als der Vertrag mit dem Impresario abgelaufen war, ließ mein Vater mich auf den Qualifikationsturnieren spielen. Mit zwölf Jahren war ich bereits Meister, mit vierzehn Jahren errang ich das, was heute der »ersten Norm« des Internationalen Meisters entspricht. Je weiter ich mich qualifizierte, desto schwieriger wurden die Turniere. Wenn ich am Anfang stets unangefochtener Sieger war, so traf ich, je höher ich stieg, allmählich auf immer größere Schwierigkeiten; dennoch landete ich regelmäßig auf den ersten Plätzen und war trotz meiner Jugend in der Lage, es mit den größten Meistern aufzunehmen.

In diesen ersten Jahren war mein prädestinierter Gegner allgegenwärtig; ich traf ihn auf allen Turnieren, und auch wenn das Schicksal uns ein direktes Aufeinandertreffen ersparen zu wollen schien, als ob es diesen Augenblick auf eine geeignetere Gelegenheit verschieben wollte, hatte ich das Gefühl, ständig und nur gegen ihn zu spielen. Zwischen uns beiden gab es einen Kampf aus der Ferne. Auch wenn wir inmitten Dutzender aufkeimender Schachspiele saßen, suchten sich unsere Blicke quer durch den Saal. Und da das Reglement uns während der Zeit des Nachdenkens unseres jeweiligen Gegners erlaubte, aufzustehen und zwischen den Tischen herumzulaufen, geschah es manchmal, daß ich seinen Atem im Nacken zu spüren vermeinte. Und ihm muß es genauso ergangen sein.

Er flößte mir fast Angst ein. Dennoch hatte ich keinen Zweifel, wer von uns beiden der Stärkere war. Ich kannte sein Spiel, denn ich hatte einige seiner Partien analysiert und nichts Originelles darin gefunden. Er spielte sehr konservativ, hielt sich noch an die Schemata von Tarrasch (dem Vater des deutschen Schachspiels) und hatte sich von den supermodernen Theorien, die damals in Mode waren, nicht beeinflussen lassen. Und doch war es eben dieser Mangel an Originalität, Risikobereitschaft, an Phantasie, diese Unterwerfung unter den Dogmatismus, die mich beunruhigten.

Er hatte einige Matchs gegen Spieler eines gewissen Formats gewonnen und war in manchen Turnieren auf den ersten Plätzen gelandet. Ich fragte mich, wie er das schaffte. Es stimmt, während einer Schachpartie zählt nicht nur das Spiel, sondern auch das Verhalten der Spieler. Die Schachhandbücher waren einst reich an Ratschlägen, wie man den Gegner ärgern und wie man ihn schon vor dem Spiel in eine Position der Unterlegenheit bringen konnte. Und von Laskers stinkender Zigarre bis zu den Zoten von Steinitz gibt es zahlreiche Anekdoten über dieses Thema.

Die Drohung am Abend unseres ersten Aufeinandertreffens blieb unauslöschlich in meinem Gedächtnis haften. Ich wußte, daß ich mich an dem Tag, an dem wir uns gegenübersitzen würden, mehr vor seiner Präsenz als vor seinem Spiel hüten mußte; und diese Präsenz würde ich in einem Turnier eine ganze Partie lang ertragen müssen.

Auch körperlich konnten wir nicht verschiedener sein: Während ich zu jener Zeit klein und dicklich war, war er groß und sehr mager, ein Storch in kurzen Hosen. Ich hatte braune, gelockte Haare, er hingegen blonde und glatte, feine. Kurzum, ich war Jude und er Arier. Als ich ihn im Café Kaiserhof in Berlin zum letzten Mal als Jugendlichen sah, trug er die Uniform der Hitlerjugend und war der Vertreter, die Schachhoffnung der neuen Rasse, die sich damals in Deutschland lautstark durchsetzte.

Auch wenn für mich das Schachspiel in jener Phase das ganze Leben war, stellte es dennoch nur einen Mikrokosmos in einer Welt dar, die in der Erwartung großer Ereignisse zu verharren schien. So wurden gemeinhin im Spiel benutzte Ausdrücke wie Angriff, Beherrschung, Eroberung, Sieg ... auf die Realität eines Makrokosmos übertragen, der bereits furchterregenden Veränderungen unterworfen war. In Berlin wurde an einem Maitag ein riesiger Scheiterhaufen errichtet. Nahrung der Flammen waren Bücher mit Namen wie Freud, Proust, Einstein – aber auch Steinitz, Nimzowitsch, Rubinstein –, die auf einem Platz öffentlich verbrannt wurden (und bis dahin waren bereits mehr als eine Million Exemplare von *Mein Kampf* verkauft worden). Den Orchestern war es verboten, Musik von Mendelssohn, Schönberg und anderen jüdischen Komponisten zu spielen. Sechzehntausend Gemälde, Zeichnungen und Skulpturen wurden als »entartete Kunst« gebrandmarkt, aus den Ausstellungen und Kunstgalerien geholt und zerstört. Nur dank der Vorausschau von Menschen wie meinem Vater konnten viele Meisterwerke vor dem Autodafé gerettet werden. Mein Vater war in der Tat nicht nur Kunsthändler, sondern auch ein Anhänger moderner und weitblickender Ideen. Er hatte sehr häufig kostbare Werke für sich behalten, die er unter gar keinen Umständen verkauft hätte, und darunter befand sich damals eine ganze Sammlung avantgardistischer Maler. Nur einige dieser Bilder wurden gerettet: jene, die Hans an den Wänden meiner Wohnung bewundern konnte.

Kurz darauf wurden die Juden offen boykottiert. Sie wurden aus den öffentlichen Ämtern, aus der

Universität und aus dem Parlament ausgeschlossen. Am Ende jenes Jahres hatten sich schon einige zehntausend von ihnen entschlossen zu emigrieren. Aber viele sahen in alldem ein positives Zeichen. Denn, schließlich, mußten nicht im Grunde der sehnlichst erwarteten Ankunft des Messias schreckliche Ereignisse vorausgehen? Es war jedoch ein recht übler Prophet, der jetzt in Erscheinung trat. Trotzdem dachten viele, sogar angesichts der beträchtlichen Restriktionen, daß sie noch bleiben könnten. Waren sie nun Deutsche oder nicht? Viele waren Veteranen des Ersten Weltkriegs, hatten für dasselbe Vaterland gekämpft und verehrten dieselben Ideale und Helden. War es denn etwa nicht auch »ihr« Vaterland? Und wenn dieses Land nicht mehr für sie bürgte, welcher Ort der Welt konnte ihnen eine sichere Zuflucht bieten?

Wenn etwas unsere Rasse seit Jahrtausenden charakterisiert hat, dann ist es eine Art Fatalismus, Resignation. Sicher, wir waren Millionen, aber blieben immer eine riesige Herde, die bereit war, sich zu zerstreuen, sobald nur ein knurrender Hund auftauchte. Und diese Herde war in Deutschland eingepfercht und drängte von einer Ecke in die nächste, ohne einen Ausgang zu finden. Eine lähmende Angst bemächtigte sich unser. Wir kehrten zum Ghettoleben, zur Ausgrenzung zurück, während es rings um uns von Militärparaden und Versammlungen wimmelte und die Luft von dröhnenden und drohenden Stimmen erfüllt war. Es fand bereits eine minutiöse Selektion statt. Alle Männer mußten zu ihrem eigenen Namen Israel hinzufügen und alle Frauen Sarah. Uns wurde die Staatsbürgerschaft entzogen, und wir waren nur noch Gäste mit einer Aufenthaltserlaubnis, die bald ablief. Und man sprach davon, uns massenweise nach Madagaskar zu bringen oder uns nach Palästina zurückkehren zu lassen, was für viele bedeutet hätte, sich ein historisches Scheitern einzugestehen. Wo war das so ersehnte Gelobte Land?

Mein Vater gehörte zu jenen, die den Fehler begingen, optimistisch zu sein. Als ob die zweitausendjährige Geschichte sie nicht eines anderen belehrt hätte. Doch er fühlte sich sicher, sein Reichtum gab ihm dieses Gefühl der Unverletzlichkeit. Er wollte nicht fliehen, solange es noch möglich war zu fliehen, er beschränkte sich lediglich darauf, sich aus dem Epizentrum zu entfernen. Wir zogen uns nach Graz in Österreich zurück, wo wir ein Haus besaßen und uns die Lebensbedingungen erträglicher schienen.

Inmitten dieser dramatischen Ereignisse jedoch suchten sich weiterhin zwei Männer wie zwei entgegengesetzte Pole, die sich mitten im Wüten eines elektromagnetischen Sturms trotzdem anziehen. Ich hatte mich von ihm entfernt, doch er suchte mich. Auf diese Weise sahen wir uns nach fünf Jahren auf dem letzten offiziellen Turnier wieder, an dem ich teilnehmen durfte. Es fand gegen Ende des Winters 1938 in Wien statt.

Ich erkannte ihn sofort. Diesmal trug er eine prachtvolle SS-Uniform. Und seine Feindseligkeit war unverändert geblieben. Ich bemerkte sie an seinem hochmütigen Auftreten und seinem starr auf mich gerichteten Blick.

Schon bei den ersten Spielrunden merkte ich, daß er sich von niemandem den Sieg nehmen lassen wollte, am wenigsten von mir. Seit einigen Tagen hatten wir die gleiche Punktzahl; wir waren wie zwei Bergsteiger, die einen Gipfel aus entgegengesetzten Richtungen besteigen, beide fest entschlossen, zuerst oben zu sein. Alles ließ erkennen, daß wir uns in den letzten Runden in einem direkten Entscheidungsspiel gegenübersitzen würden; ich hatte dieses Ende von Anfang an vorausgesehen.

Das Turnier fand im Saal eines städtischen Gebäudes statt. Fast alle Teilnehmer, auch ich, wohnten im Hotel Krone, sicher nicht eins der besten Hotels, das aber auf den Ablauf der Partien Rücksicht nahm und sein Restaurant bis nach Mitternacht offenhielt. Unter den Freunden, Anhängern und Schachbegeisterten herrschte ein großes Kommen und Gehen; dennoch lag über diesem Anschein von Fröhlichkeit etwas Düsteres: es war so, als ob den Menschen etwas Wesentliches fehlte, das ich jedoch noch nicht erkennen konnte. Ihre Gesichter schienen alle ein und denselben Ausdruck zu haben, als wäre ein Muskel herausgeschnitten worden, einer von denen, die die komplexe Mimik des Lachens lenken, jener Nerv – könnte man sagen –, der den Humor, die Ironie zum Ausdruck bringt: die Befriedigung, die die Intelligenz für sich selbst reserviert.

In dieser Umgebung fühlte ich mich bedroht. Ich hatte mich eine gewisse Zeit von der Schachwelt ferngehalten; auf diesem Turnier entdeckte ich zunächst kein einziges bekanntes Gesicht; und in kurzer Zeit hatte ich die Gewißheit, daß ich unter diesen Menschen keine neuen Freunde finden würde. Bis eines Abends dieses unbestimmte Gefühl einer Gefahr plötzlich in einem Satz Gestalt annahm, den ich im Restaurant aufschnappte, als ich an dem Tisch vorbeiging, wo inmitten seines Hofstaates mein Gegner saß.

»Diesen Judenschweinen dürfte man nicht erlauben …«, sagte einer von ihnen. Dieser Satz konnte nur an mich gerichtet sein.

Ich nahm meinen üblichen Platz ein. Ich war noch vollständig auf die eben beendete Partie konzentriert. Es war neun Uhr abends, und der Saal war überfüllt. Von jenem nicht weit von mir entfernten Tisch hörte man Gesang und Geschrei; Ursache des schallenden Gelächters, das von dieser lustigen Truppe hin und wieder herüberdrang, schien stets meine Person zu sein.

Es mag vielleicht daran gelegen haben, daß ich der einzige in diesem großen Saal war, der ein wenig abseits allein an einem Tisch saß und kein Wort sagte, während um mich herum Gesprächsfetzen im wienerischen Dialekt nur so herumflogen, jedenfalls spürte ich das Gefühl einer drohenden Gefahr stärker als je zuvor. Im Grunde, dachte ich, taucht der Wahnsinn in uns selbst auf. Auch wenn in der Welt ringsum nichts passiert, kann uns doch auf einen Schlag alles feindselig vorkommen. Ich versuchte, mich zu beruhigen. Ich sagte mir, es sei vielleicht nur meine Einbildung, ich sei jung und leicht erregbar.

Es verging mehr als eine Stunde, bis sich jemand bequemte, mich zu bedienen. Nachdem ich mehrfach mit den Armen fuchtelnd die Kellner auf mich aufmerksam zu machen versucht hatte, die blind und taub zu sein schienen, gelang es mir endlich, bei einem mein Abendessen zu bestellen. Ich mußte noch einmal eine halbe Stunde warten, bis mir gesagt wurde, das Essen, das ich bestellt hatte, sei inzwischen ausgegangen. Ich machte eine neue Bestellung, die der außerordentlich höfliche Kellner sorgfältig notierte. Aber war es wirklich ein Kellner, der sich zu mir hinabbeugte, oder war es nicht vielleicht der Schreiber, der die Namen der Seelen aufschreibt, die ans Gestade des Todesflusses gelangt sind?

In diesem Augenblick tauchte wer weiß wie die Gestalt Rubinsteins vor mir auf, ich sah ihn wieder, während er in vollständiger und fassungsloser Ohnmacht wie in einer Spirale in sich versank, und hörte wieder in mir seine schrille, schreckliche Stimme: »Sie lassen mich nie in Ruhe. Tag und Nacht klopfen sie an die Wände meines Zimmers.« Ich verstand schlagartig, welch düstere Voraussage diese Worte enthielten.

Inzwischen wurde an der Tafel meines Gegners fröhlich weitergepraßt. Die Sektkorken flogen, und die Tischlieder schienen kein Ende zu nehmen.

Völlig verzweifelt gelang es mir wieder, die Aufmerksamkeit des Kellners auf mich zu lenken.

»Es tut mir leid, aber es ist nichts mehr da, mein Herr«, sagte er bedauernd.

Natürlich protestierte ich.

»Ich werde schauen, ob noch etwas in der Küche ist.«

Dieses Mal mußte ich nicht sehr lange warten. Der Maître d'hôtel persönlich kam auf meinen Tisch zu. Ihm folgte ein Kellner, der einen Wagen mit einem prächtigen Serviergeschirr vor sich herschob. Ihr Erscheinen blieb nicht unbemerkt. Viele verstummten. Als der Kellner meinen Tisch erreicht hatte, trat er vor, hob betont förmlich den silbernen Deckel hoch und servierte mir den Kopf eines jungen Ziegenbocks.

»Ich fürchte, daß Sie damit vorliebnehmen müssen«, sagte er zu mir. Und bevor ich mich von dem Schrecken und Ekel erholt hatte, waren die beiden schon wieder gegangen.

Aus jener Tischrunde erklang ein lautes Gelächter, und ich sah, wie die Gäste ihre Kelche erhoben und einen Trinkspruch auf mich ausbrachten, der alles andere als einen Glückwunsch beinhaltete.

Jetzt erst wurde mir bewußt, daß ich den ganzen Abend über der Gegenstand einer grausamen Posse gewesen war. Ich sah mich um und bemerkte, wie alle im Saal bis in die letzte Ecke, auch wenn sie es nicht offen zeigten, daran beteiligt waren. Sie sahen mich mit ironischem Mitleid an und tauschten wissende Blicke aus. Mit einer geheuchelten Unbefangenheit beugten sie sich zu ihrem Tischnachbarn hinüber und flüsterten ihm etwas ins Ohr, der es auf die gleiche Weise an seinen Nachbarn weitergab, bis diese immer wiederkehrende Pantomime gerade deshalb, weil getan wurde, als ob sie nicht bemerkt werden sollte, allzu offensichtlich wurde. Die Köpfe stießen wie Kegel aneinander, und bald erfaßte den ganzen Saal ein brüllendes Gelächter. Sehr schwierig war es, aus dem Saal zu kommen. Ich verließ das Restaurant unter Schmähungen.

Eine derartige Warnung hätte mich eigentlich zur Vorsicht anhalten müssen. Jeder Betroffene mit gesundem Menschenverstand hätte noch am selben Abend seine Koffer gepackt und wäre nach Hause gefahren. Aber die Spiele waren in vollem Gange, und das Schachspiel war mein einziger Lebensinhalt.

Am nächsten Morgen waren wir – wie ich es von Anfang an vorhergesehen hatte – in der letzten Partie vereint, der entscheidenden. Wir hatten die gleiche Punktzahl, und wer von uns siegreich aus diesem Kampf hervorging, hätte auch den Turniersieg errungen. Ich kam pünktlich um neun Uhr und setzte mich an meinen Platz; aber mein Gegner war noch nicht da. Er mußte den ersten Zug machen, und der Schiedsrichter ließ bereits seine Uhr laufen. Das lästige Warten dauerte mehr als fünfzehn Minuten, eine nicht unbeträchtliche Zeit, die zu seinen Lasten ging; doch das Ticken der Uhr, das bald zu Hammerschlägen wurde, symbolisierte seine bedrohliche Gegenwart. Ein Schachspieler hat gewöhnlich schwache Nerven, er erwartet, daß alles wie vorgesehen abläuft, jede Störung beunruhigt ihn. Diese Verspätung ärgerte mich, und da ich eine Absicht dahinter vermutete, empfand ich sie als einen unverzeihlichen Mangel an Respekt; mich heiterte nicht einmal die Tatsache auf, daß ich nach weiteren fünfzehn Minuten wegen Spielverweigerung gewonnen hätte.

Er kam schließlich ohne Eile an; setzte sich und legte, bevor er seinen ersten Zug machte, einen Pfennig neben das Schachbrett. »Ich spiele niemals ohne Einsatz«, sagte er. Und ich war in der Spannung, in der ich mich befand, gezwungen, in meinen Taschen nach einer gleichwertigen Münze zu suchen, um sie daneben zu legen. Noch bevor wir angefangen hatten, spielte ich bereits sein Spiel.

Er zog den Damenbauer, also war ein Stellungskampf zu erwarten, der mir nicht lag. Nach kurzer Zeit saßen wir vor einem in sich geschlossenen Schema, aus dem es keinen Ausweg gab. Es standen noch fast alle Figuren auf dem Brett, und der Platz reichte nicht aus, um irgend etwas auszuprobieren. Beim dreißigsten Zug etwa versuchte ich, die Blockade zu durchbrechen. Ich opferte zwei Bauern, um Luft zu bekommen, und machte Platz für eine weitreichende Kombination, die mich erneut, auf völlig unvorhersehbaren Wegen, wieder in eine absolute Pattsituation brachte. Ich dachte, ich wollte lieber verlieren, als so weiterzuspielen. Beim vierzigsten Zug wurde die Partie vertagt. Am restlichen Vormittag hatte ich Zeit für Analysen, doch sie führten zu nichts. Am Nachmittag nahmen wir unser Spiel wieder auf, und es dauerte bis zum späten Abend. Wir waren die letzten im Wettbewerb, alle anderen hatten sich inzwischen um uns versammelt. Aber die Partie ging weiter, wie sie begonnen hatte, gedämpft und unkriegerisch, und endete, wie ich befürchtet hatte, mit einem vorhersehbaren Remis: keiner konnte gewinnen. Das bedeutete, daß es einen automatischen Vergleich geben würde, bei dem die in der Zwischenzeit gegen die jeweiligen Partner errungenen Punkte berücksichtigt wurden. Diese Rechnung fiel ganz klar zu meinen Gunsten aus, und ich wußte ohne den geringsten Zweifel, daß ich gewonnen hatte.

Aber die Schiedsrichter schienen sich nicht einig zu werden. Nach einer langen und erregten Diskussion zogen sie sich wie zur Beschlußfassung eines schwierigen Schiedsspruchs zurück. Schließlich erfolgte die Verkündigung des Siegers: er war's. Ich war weder Zweiter noch Dritter und auch nicht Letzter. Ich protestierte lebhaft, aber zunächst hörte mir niemand zu; bis schließlich einer die Freundlichkeit besaß, mir zu sagen, ich sei wegen Regelverstoßes disqualifiziert worden; darauf wurde ich praktisch aus dem Saal gejagt.

Und das war nicht die letzte Überraschung. Als ich wieder im Hotel war, fand ich mein Zimmer verwüstet vor. Aus den Koffern und Schränken war alles herausgezerrt worden, meine ganzen Sachen lagen über den Fußboden verstreut; die Fotos meiner Eltern, die ich immer bei mir hatte, waren zerrissen und besudelt, und auf dem Rahmen, in dem sie gewesen waren, hatten sie herumgetreten, wie auch alle meine persönlichen Gegenstände und Kleidungsstacke zertrampelt worden waren.

Ich sank auf einen Stuhl. Mich packte die Panik, als ich Schritte auf dem Flur hörte und jemand an meine Tür klopfte. Es war der Hotelbesitzer, und auch er sah verstört aus. Er beschwor mich, so schnell wie möglich das Hotel zu verlassen, weil sonst »jene« wiederkommen und es in Brand setzen würden. Er war so erregt, daß ich seine Worte kaum verstehen konnte. Ich verstand nur, daß ich verschwinden sollte und daß ein Auto am Diensteingang auf mich wartete. Ich raffte soviel zusammen, wie ich konnte, stopfte es in einen Koffer und rannte aus dem Hotel.

Als ich mit dem Taxi durch die Stadt zum Bahnhof fuhr, hatte ich den deutlichen Eindruck, auf einen anderen, einen feindseligen und grausamen Planeten gestürzt zu sein. In meinem Wesen neigte ich eher zu Schweigsamkeit und Nachdenklichkeit und hatte immer eine Abneigung empfunden gegen alles Laute und Lärmende, gegen jede Freudenbekundung, die in ihrer Übertreibung so oft in Gewalt endete. Ich habe immer die studentische und karnevalistische Prasserei gehaßt. Mit ihren Riten, die den Tod eigentlich bannen sollten, machte sie für mich die Bedrohung durch ihn nur noch größer. Aber in diesem Augenblick empfand ich nur Angst. In den Straßen von Wien schien ein obszönes Fest gefeiert zu werden. Überall sah man Haufen zertrümmerten Hausrats. Die Menschen strömten wie betrunken durch die Straßen. Man hörte Schreie und Flüche, und hier und da ertönte ein vereinzelter Schuß. Auf der Argentinierstraße waren viele Laternen eingeworfen worden, und die Fahrbahn war über weite Strecken verstopft. Als mein Taxi sich näherte, trat unvermittelt eine Gruppe von Menschen aus dem Dunkeln, versperrte uns den Weg und wollte das Auto am Weiterfahren hindern. Der Taxifahrer drückte auf das Gaspedal, es fehlte nicht viel, und wir hätten sie überfahren. Ich hörte, wie sie mit den Händen auf das Blech trommelten, sah ihre drohenden – oder nur erschreckten? – Gesichter an mir vorübergleiten und sah, wie sie uns schließlich mit den Armen fuchtelnd hinterherrannten. Auch am Südbahnhof waren Unruhen ausgebrochen: Auf dem Bahnhofsvorplatz hatte sich eine große Menge Schaulustiger versammelt, um einem schrecklichen Schauspiel beizuwohnen. Vier Menschen bespuckten einen alten Mann, traten ihn mit Füßen, um ihn zu zwingen, auf allen vieren über das Pflaster zu kriechen. Seine Kleidung war zerrissen, und man hatte ihm ein Schild um den Hals gehängt.

Ich forderte den Taxifahrer auf weiterzufahren. Auf der Fahrt zum nächsten Bahnhof waren wir noch Zeugen zahlloser Gewaltszenen. In den Straßen von Wien schien man mit einer Menschenjagd begonnen zu haben, einer Jagd mit dem Schlachtruf: »Juden raus, Juden raus!«

Am deutlichsten drückte in diesem Moment der Taxifahrer den aufgebrochenen Haß aus, den ganzen unterdrückten Groll der Menschen auf der Straße gegen die Juden. Wahrscheinlich ahnte er nicht, daß ich ein Vertreter dieser Rasse war. Immer wieder stieß er mit seiner ganzen Verachtung hervor, diese »verfluchte Rasse« müsse »vom Erdboden verschwinden«. Sein violetter Nacken, der Nacken eines Kutschers, den er von seinem Vater oder von seinem Großvater geerbt hatte, der vielleicht Fiakerkutscher in Wien gewesen war, dieser geschwollene und durchfurchte Nacken, der zwischen dem Kragen der Lederjacke und dem abgewetzten unteren Rand der Mütze eingepreßt war, strahlte eine dumpfe und erbarmungslose Feindseligkeit aus. Er war ein Sinnbild der Intoleranz – wie ein monströses Gesicht, in dem alle Sinnesorgane verschlossen sind und in einer unförmigen Masse verschwinden.

Vielleicht war ich in ganz Wien der letzte, der mitbekam, daß der tollwütige Hund seine Fährte nun auch auf dem österreichischen Boden hinterließ und daß dieser erste Gewaltakt gegen das Nachbarland die niedrigsten Instinkte geweckt hatte, die in der Seele des ruhigen Wiener Bürgers schlummerten. Der friedliche Kobold war von einem blutrünstigen Troll verdrängt worden. Österreich wurde von einer regelrechten antisemitischen Hysterie gepackt, die zu unglaublichen Gewaltexzessen führte. In dieser Nacht und an den folgenden Tagen nahmen sich mehr als fünfhundert Juden das Leben; und Tausende wurden in das Konzentrationslager, das bei Dachau errichtet worden war, deportiert.

Genau sieben Monate später brach eine neue Welle der Gewalt los, diesmal jedoch in größerem Ausmaß und mit noch härteren Schlägen. Am 10. November 1938 wurden in Deutschland und in Österreich hundertfünfundneunzig Synagogen in Brand gesteckt. Mehrere tausend Geschäfte, die jüdischen Familien gehörten, wurden verwüstet und angezündet, außerdem zahllose Wohnungen. Etwa zwanzigtausend Menschen wurden festgenommen und in Konzentrationslager deportiert. Diese Nacht wird immer als »Kristallnacht« in Erinnerung bleiben, ein besonders poetischer Name, um den Anfang eines endlosen Massakers zu bezeichnen.

Den Juden wurden kurz darauf alle Rechte entzogen. Man mußte den aufgenähten gelben Davidsstern tragen: ein Kennzeichen, mit dem man sich weder an einem öffentlichen Ort aufhalten noch spazierengehen oder Schaufenster ansehen – mit einem Wort, nicht leben durfte. Bald wurde in allen besetzten Gebieten auch beim Schachspiel die braune Uniform angezogen. Ein großer Teil der Spieler von einst war spurlos verschwunden. In den Schachrubriken wurden sie nicht mehr erwähnt, sogar die Handbücher wurden gesäubert; und wenn einmal ein jüdischer Spieler erwähnt wurde, wurde er als Beispiel für Unfähigkeit in die humoristische Ecke, zu den »Delikatessen« verbannt, und man führte von ihm die schlechteste Partie an, die er angeblich gespielt hatte, oder den schlimmsten Fehler, der ihm in seinem Leben unterlaufen war. Sie mußten sich wirklich angestrengt haben, um solche Leckerbissen ausfindig zu machen.

Inmitten der plötzlich aus dem Nichts aufgetauchten Namen sprach man nur noch gelegentlich von Aljechin und seinen sinnlosen Polemiken, die nur darauf abzielten, das Revanchematch gegen Capablanca bis ins unendliche hinauszuschieben. Dieses Treffen fand niemals statt, weil letzterer überraschend starb. Unter dem Namen des amtierenden Weltmeisters erschienen hingegen immer häufiger antisemitische Artikel, die schärfstens gegen all jene wetterten, die das »edle Spiel« heruntergewirtschaftet hätten; nachdem sie so lange vom jüdischen Blut verunreinigt worden war, sollte jetzt endlich auch die Schachwelt ihre Reinheit wiedergewinnen.

Natürlich war mit dem triumphalen Vormarsch der Nazis und dem Ausbruch der Feindseligkeiten auch meine Schachkarriere beendet. Nicht nur wurde mir nicht erlaubt, an Turnieren teilzunehmen, ich wagte es auch nicht, eine Partie im Café zu spielen oder bei den Spielen anderer zuzuschauen; zumal ein öffentliches Lokal – wenn es überhaupt jemand gab, der mich hereingelassen hätte – bei einer eventuellen Razzia eine Falle für mich gewesen wäre. Deshalb waren die einzigen Partien, denen ich noch zuschauen konnte, jene, die sonntags bei gutem Wetter in den öffentlichen Parks auf den großen Schachfeldern ausgetragen wurden. Ich erlaubte mir dann den Luxus, mich etwas abseits auf eine Bank zu setzen, stets bereit, beim geringsten Anzeichen einer Gefahr zu verschwinden.

Einige Zeit lebten meine Eltern und ich noch unter diesen Bedingungen einer Nichtexistenz, paßten uns den zunehmenden Einschränkungen an, die uns auferlegt und von Tag zu Tag zahlreicher und unerträglicher wurden. Wir versuchten, uns sowenig wie möglich blicken zu lassen, blieben fast immer im Haus, und selbst in den eigenen vier Wänden flüsterten wir miteinander. Was uns aufrechterhielt, war die Illusion, daß die schlimmen Dinge, von denen auch wir hörten, nur die anderen trafen, die wahrscheinlich weit weg von uns lebten und sich sicher irgendeines schweren Vergehens schuldig gemacht hatten, für das sie auf diese Weise bestraft wurden, was uns, da wir nichts Schlimmes getan hatten, gewiß nicht geschehen würde. Wir sagten uns, das alles würde vorübergehen und wir brauchten nur die Kraft durchzuhalten. Aber dem war nicht so. Die Tatsache, daß einige von uns noch verschont geblieben waren, hatte nichts zu bedeuten, es war nur eine Frage der Zeit – auch bei einer Sanduhr müssen einmal die letzten Körner durchrieseln. Und schließlich, als es auch in unserer Straße losging, dann bei uns direkt gegenüber und zuletzt bei den Mietern einen Stock unter uns, die mitten in der Nacht abtransportiert wurden, begriffen wir, daß es keinen Zweck hatte zu hoffen und daß unser Name sicher schon auf einem Dokument stand und nur auf eine Unterschrift wartete. Deshalb versteckten wir unter den Brettern des Dachbodens in unserem Grazer Haus eine Rolle mit Gemälden und alle wertvollen Dinge, die wir besaßen. Derjenige von uns, der sich retten könnte, wüßte, wo sie zu finden wären.

An diese lange, fast wundersame Zeit des Aufschubs habe ich eine vage, nebulöse Erinnerung. Es war die Zeit einer unaufhörlichen Irrfahrt von einem

Ort in den nächsten, eines Umzugs nach dem anderen in immer neue Verstecke, immer mit einer neuen Identität, mit neuen Dokumenten ... und alten Ängsten. Dank des Geldes meines Vaters bekamen wir eine Menge Unterstützung; und um die Wahrheit zu sagen, erhielten wir auch von einigen Freunden, Juden und Nichtjuden, selbstlose Hilfe. Doch genügt ein einziger Denunziant – ein einziger verfluchter Bauer –, und man ist verloren.

Der Alptraum nahm seinen Anfang; ein ganz bewußt erlebter Alptraum, aber trotz allem ein Traum, der sich unseren Versuchen, ihn zu beenden oder auch nur zu verändern, entzog. Von einem Tag auf den anderen verloren wir noch den Rest der Würde, der uns geblieben war, wurden wir jedes menschlichen Merkmals beraubt. Obwohl wir dieselbe Sprache sprachen und dieselben Begriffe benutzten, mit denselben Gefühlen und Bedürfnissen geboren waren, gab es diese angebliche Gleichheit nicht, weil die anderen uns zu Arbeitstieren und Schlachtvieh herabgesetzt hatten.

Noch heute frage ich mich manchmal – und ich denke an *ihr* Heil –, ob die vielen Menschen, die sich mit einem so großen Eifer an dieser niederträchtigen Arbeit beteiligten, in unseren Reihen menschliche Stimmen hörten oder, dank wer weiß welcher unheilvoller Auswirkungen der Propaganda ihrer Parteigrößen auf ihr Gehirn, nur Blöken und Muhen wahrnahmen.

Wir wurden also wie die Tiere zusammengetrieben und vorwärts gestoßen und mit dem Stock auf Abstand gehalten. In Viehwaggons (wo sonst?) wurden wir zusammengepfercht, und die Türen wurden geschlossen. Für die Dauer einer schier endlosen Reise blieben wir ohne Luft, Essen und Wasser im Dunkeln. Wir mußten uns gegenseitig wegdrücken, um Platz zu haben, um einen Lichtstrahl zu erhaschen, um uns dem Fäkaliengestank und schließlich auch dem schrecklichen Anblick der ersten Toten zu entziehen. Und da es wenig Luft gab, die durch einige sehr weit oben angebrachte Gitter hereindrang, und nach stundenlangem Stehen in der Sonne gar keine mehr im Waggon war, waren es die Schwächsten, die mit ihren nun leblosen Körpern gewährleisteten, daß andere nicht erstickten.

Seit der Abfahrt hatte ich meine Eltern aus den Augen verloren. Mit Gewißheit befanden sie sich auch auf diesem Transport, aber ich hatte die Hoffnung aufgegeben, sie lebend wiederzusehen. Als nach etlichen Tagen und Nächten der Zug an seinem Ziel angekommen war und die Türen endlich geöffnet wurden, standen zu unserer Begrüßung bewaffnete Wachen mit Hunden davor. Uns wurde als erstes befohlen, die Toten herauszuholen und sie nebeneinander in einer langen Reihe auf den Bahnsteig zu legen. Dutzende und aber Dutzende waren im ganzen Zug verstorben, vor allem Alte und Kranke. Erst da sah ich meine Eltern wieder, aber ich konnte nicht zu ihnen. Nach einer einstündigen Pause wurden wir ausgesondert. Männer, Frauen, Alte und Kinder wurden voneinander getrennt und jeweils in Kolonnen aufgestellt. Dann wurden die Kolonnen in Richtung Lager in Marsch gesetzt. Wir wußten nicht, wie weit es war. Viele jedoch konnten vor Erschöpfung nicht laufen. Wer stehenblieb oder vor Schwäche umfiel, wurde geschlagen, und wer nicht mehr die Kraft hatte weiterzulaufen, wurde auf der Stelle umgebracht. Die anderen durften nicht helfen; wenn vor uns welche zusammenbrachen, mußten wir sogar über sie hinwegsteigen; es dauerte dann nicht lange, und wir hörten hinter uns das wütende Gebell der Hunde, die Flüche und anschließend Schüsse.

Erst nach einem zwei endlose Stunden dauernden Marsch kamen wir an unserem Ziel an. Es war eine Ansammlung von Häusern aus Ziegelsteinen und Holz, umgeben von einem drei Meter hohen Stacheldrahtzaun und überragt von Türmen mit bewaffneten Wachen und Scheinwerfern. Dennoch kam in mir zum letzten Mal ein trügerisches Gefühl der Behaglichkeit auf, als wir dieses Gelände durchquerten. Es hatte die Größe einer kleinen Stadt und war auch so angelegt: mit seinen breiten Wegen, die an den frisch gestrichenen Baracken vorbeiführten und sich rechtwinklig kreuzten. Ich hatte fast die Hoffnung, an einem so penibel in Ordnung gehaltenen Ort könnte nichts Schlimmes geschehen. Es ertönte sogar Musik: Töne aus dem *Tannhäuser* von einem Grammophon, vermischt mit den zaghafteren Klängen eines Walzers von Strauß, den eine groteske Musikantengruppe inmitten des leeren Platzes auf einem Holzpodest spielte. Aus der Nähe sah man, daß dieses dachähnliche Gebilde, unter dem das kleine Orchester sich abmühte, auf einem dicken Balken ruhte, aus dem eine lange Reihe großer Haken ragte, jeder stark genug, um das Gewicht eines Menschen zu tragen.

Auf diesem Platz wurden die verschiedenen Gruppen getrennt. Meine Mutter schien ihrem Schicksal resigniert entgegenzugehen: Sie stellte sich in eine Reihe mit den anderen Frauen und drückte mit den Armen ein Bündel fest an sich, in dem die wenigen Dinge waren, die sie bei sich hatte; und als sie fortging, hob sie als Zeichen des Grußes heimlich eine Hand. Es war eine schnelle Geste, sie machte eine Kreisbewegung mit der offenen Hand, als ob sie, um mich zu sehen, eine trübe Fensterscheibe säubern müßte.

Mein Vater hingegen ertrug die Schmach nicht und fing plötzlich an, sich zu wehren, er protestierte mit lauter Stimme und versuchte, sich von der Gruppe zu entfernen, der er zugeteilt worden war. Vor Entsetzen gelähmt sah ich, wie sie ihn mit Stockschlägen wieder zurücktrieben, sah ich, wie er fiel, wieder aufstand, herumtorkelte, weil er die Brille verloren hatte, und wie man ihn, während er sich bückte und sie herumtastend suchte, wieder schlug, bis er endlich mitten zwischen die anderen geschleudert wurde: blind, das Gesicht mit Blut besudelt. Es war das letzte Mal, daß ich meine Eltern gesehen habe. Keiner von beiden hat an diesem Ort überlebt.

Es fällt mir nicht leicht, über die Tage und Monate danach zu sprechen. Sicher könnte ich eine minutiöse Chronik schreiben, aber auf keinen Fall würde es mir gelingen, die systematische innere Verwüstung und Ausplünderung, der wir von Anfang an ausgesetzt waren, zum Ausdruck zu bringen.

Wenn es wahr ist, daß die Behauptung der eigenen Individualität immer ein legitimes Bestreben des

Menschen war, dann ist genauso wahr, daß der Mensch eine Wissenschaft gepflegt hat, mit der dieses Bestreben jederzeit zu unterbinden war. Und wenn eine sichere Methode, die Persönlichkeit eines Individuums zu zerstören, darin besteht, es von anderen völlig zu isolieren, so besteht ein nicht weniger wirksames System darin, es mit anderen seinesgleichen in einen zu engen Raum zu sperren. Wenn im ersten Fall der Wahnsinn eine zentrifugale Bewegung zu vollziehen scheint, weil das Bewußtsein in der absoluten Isolierung zu gären beginnt und sich kreisend ins unendliche ausdehnt, strebt dasselbe Bewußtsein in der Enge und Zwangsgemeinschaft danach, zu verschwinden, in einen zentripetalen Wahnsinn abzugleiten, der nicht mehr in die Zukunft oder auch auf den Schrecken einer bevorstehenden Auflösung schaut, sondern sich auf sich selbst zurückzieht, auf eine vormenschliche Vergangenheit, die ihn mit der unvorstellbaren Zahl von Toten und den bereits erlittenen Leiden erdrückt. Die Persönlichkeit regrediert dann und löst sich in eine gemeine, instinktive Seele auf, in der es nur den einen Impuls gibt, nämlich den, sich aus dem allgegenwärtigen Schmerz zurückzuziehen. Wenn überhaupt ein anderer Beweggrund als dieser den totalen um uns herrschenden Stumpfsinn hätte beseitigen können, wäre er absurderweise vielleicht von dem Grotesken in diesen Lebensbedingungen erweckt worden: von einem Lachen – so stellte ich es mir vor –, einem Lachen, das uns alle von einem Moment zum nächsten angesteckt hätte, uns zu einem fürchterlichen Lärm hingerissen und das ganze Universum mehr erschüttert hätte als Schreien und Weinen.

Aber mit der Zeit nimmt auch die Antriebskraft ab, die wir unter dem Namen Schmerz kennen. Nur wenn wir völlig gefahrlos werden, können wir hoffen, uns am Leben zu erhalten; deshalb wird ab einem bestimmten Punkt der Schmerz nicht mehr größer, wie aufgestautes Wasser in einem Gefäß, das das Abflußloch erreicht hat und dessen Pegel gleich bleibt, obwohl es an der Quelle weiter kräftig hervorsprudelt. Auch die Gefühle, auf die wir einst stolz waren und die wir im Übermaß zu besitzen glaubten, waren bis auf einen kümmerlichen Rest verschwunden. Mich erstaunte manchmal, daß selbst der Haß versiegt war und an seine Stelle langsam eine Art absurder Dankbarkeit dafür trat, daß es deiner Person noch gelang, bei jenen einen Anflug von Beachtung zu erzeugen, und daß du als Lohn täglich auszustehende Gefahren bekamst, sowie die widerliche Lagerstatt, auf der du jeden Abend zusammenbrachst, und die Brühe, die sie dir zubereiteten, damit du einen unstillbaren Hunger besänftigen konntest, einen Hunger, der nach wochenlangen Leibschmerzen in ein quälendes Gefühl metaphysischer Einsamkeit überging, als ob jeder Gott dich im Stich gelassen, dich für immer unwiderruflich zurückgewiesen hätte. In diesem Zustand der Leere, des Verlassenseins, eines offenkundigen Verrats erhoben sich an der Stelle der fehlenden Gottheit plötzlich unsere Kerkermeister, denn sie hatten die Macht über Leben und Tod, die auszuüben sie nie vergaßen. Wenn sie einem von uns befahlen, sich aufzuhängen, so erledigte er dies mit der Promptheit eines Automaten. Wenn sie in der Laune waren, einen Scherz zu machen, dann hatten sie ein sehr beliebtes Spielchen.

Es bestand darin, einem Gefangenen die Mütze vom Kopf zu reißen, sie an den Zaun zu werfen, jenseits der äußersten Demarkationslinie, hinter der die Wachen den Befehl hatten zu schießen; und dennoch zögerte der Gefangene nicht, wenn man ihn aufforderte, die Mütze zu holen. Er überschritt diese Linie, und in seinem absoluten Gehorsam nahm er bewußt den Tod in Kauf. Es ist also nicht erstaunlich, daß man mit der Zeit im Inneren eine Art Bewunderung dafür empfand, mit welcher Sorgfalt sie ihrer Arbeit nachgingen, soweit, daß man sich besorgt fragte, ob man ihnen nicht allzu sehr zur Last fiel, daß man ihnen gegenüber ein schlechtes Gewissen bekam. Das, worüber ich spreche, diese innere Umkehrung, die auf jeden Fall das Schrecklichste in unserer Gefangenschaft war, wurde später verdrängt und blieb lange Zeit tief in mir verborgen, als das unantastbare Gefühl, mich nicht an etwas erinnern zu dürfen, an das ich mich sowieso nicht mehr erinnerte. Und auch wenn ich in späteren Jahren Dutzende von Filmen über die Nazi-Lager gesehen habe, die eifrige Filmamateure des Dritten Reichs gedreht hatten, fand ich doch eines Tages die genauen Umrisse der bewußten Erinnerung, die lange Zeit nur ein Gefühl gewesen war, aufgrund einer symbolischen Analogie wieder. Und sie fügte mir größeren Schmerz zu als die Erinnerung an die körperlichen Leiden. Es geschah während der Vorführung eines Dokumentarfilms über Tiere: Eine Gazellenherde hatte sich nach einem Angriff von Raubtieren in Sicherheit bringen können, und die Gazellen standen nun mitten in der Savanne beieinander; nur ein Tier war bei dem Angriff getötet worden und wurde jetzt im Sonnenschein von großen Fleischfressern zerrissen. Die anderen schauten aus der Ferne dem Festmahl zu. Die Kamera schwenkte mit einem Mal über diese entsetzten Blicke auf ihre eigenen Wächter-Metzger, und genau in diesem Augenblick offenbarte sich mir die Definition, nach der ich seit langem gesucht hatte und der ich unbewußt zu entfliehen suchte, als ich nämlich in dem Blick dieser Tiere unseren, meinen Blick von damals wiedererkannte: verängstigt, gewiß, aber auch durchdrungen von verzückter Ergebenheit – könnte man sagen.

Als Kind war der schlimmste Zweifel an der Gottheit, der mich packen konnte, der, ob sich nicht hinter der Maske der Strenge und Weisheit, die sie uns zu zeigen schien, das Gesicht des Wahnsinns verbarg und dieses das wahre Gesicht Gottvaters sein könnte, der uns nach seinem Bild erschaffen und dem wir ewige Treue geschworen hatten. In solchen Augenblicken mußte ich mich, um das Entsetzen, das mich befiel, zu besiegen, an etwas klammern, das ich gut kannte und das mir gehörte und auf das ich mit aller Kraft meine Aufmerksamkeit so lange lenken konnte, bis dieser blasphemische Verdacht verschwunden war.

Aber in jener fremden Welt, in der jede menschliche Sehnsucht ausradiert und jedes göttliche Prinzip zerstört worden war, wo man nichts weiter erhoffte, als daß man keinen falschen Schritt tat, für den man niedergemetzelt wurde, und in der jedes Leben nur dann und so lange einen Wert hatte, wie es in Produktivkraft umgesetzt werden konnte, in jener Welt wurde alles, was mich umgab, sofort zu einer Abstraktion. Die Träume, die in der Nacht an die Stelle der Realität traten, drangen auch in die Zeit des Wachens vor, bis sie zu einem ununterbrochenen Fließen wurden, in dem nur das Nichts das Nichts erklären konnte. So war paradoxerweise nach kurzer Zeit eine Abstraktion die einzige Realität, die mich am Leben hielt. Es war nicht das Gesicht eines mir lieben Menschen oder ein geheiligtes Bild, das mich in dieser endlosen Zeit aufrechterhielt, sondern eine ständige Halluzination: ein Schachbrett, auf dem sich Licht und Schatten schnell und verschwommen abwechselten.

Ich weiß nicht, wann es geschah, aber ich weiß, daß ich eines Tages anfing, eine unendliche Partie zu spielen, ob nun auf der anderen Seite des Bretts mein Ich oder mein Gott saß, war belanglos. In kürzester Zeit nahm sie mein ganzes Denken ein, es war darin für nichts anderes mehr Platz als für diese Partie: sie wurde mein – einziger und unersetzlicher – Glaube.

Sicher, die Thora warnt uns davor, irdische Dinge zu Idolen zu machen, aber diese Regeln waren bestimmt nicht gedacht für jemanden wie mich, der bei lebendigem Leibe in die Gehenna hinabgestoßen worden war.

Selbst als ich glaubte, ich stände kurz vor dem Tod, verließ mich dieser Gedanke nicht. Es geschah nach einem Fluchtversuch, an dem ich mich beteiligt hatte, wenn auch ohne Überzeugung, weil ich wußte, daß eine Flucht uns nirgends hinführen würde. Denn auch jenseits dieser Zäune würden wir immer noch in ihrer Gewalt bleiben, und selbst angenommen, wir wären über diese Grenzen gekommen und noch einmal tausend Jahre am Leben geblieben, niemand, weder wir noch unsere Henker, würde sich aus dieser Niedrigkeit, in die das Menschengeschlecht gestürzt war, je wieder erheben können. Die einzige Befreiung konnte man vielleicht im Vergessen finden. Und dennoch gehorchte die Urzelle, die in uns ist, noch dem ersten, wichtigsten Kommando, mit dem sie vermutlich entstanden ist und sich am Leben erhalten hat: »Du entkommst dem Schmerz!«

Seit sie mich, nach der Quarantänezeit, einem Arbeitstrupp zugewiesen hatten, hatte ich nur noch gegraben. Was wir gruben, einfache Gräben oder Schützengräben, das erfuhren wir nie. Ich gehörte zu einer Kolonne, die etwa einen Kilometer vom Lager entfernt einen Tunnel graben sollte, vielleicht einen unterirdischen Schlupfwinkel. Wir kamen mühsam voran, denn das einzige geeignete Werkzeug in unserer Ausrüstung war ein alter Preßlufthammer, ansonsten mußten wir uns mit Spitzhacken und Schaufeln behelfen. Nach mehrwöchiger Arbeit waren wir in eine Art natürlichen Keller eingedrungen, von dem aus ein enger, aber auf allen vieren begehbarer Stollen auf die andere Seite des Hügels führte, mitten auf die Heide, außerhalb der Reichweite unserer Wachen. Unsere Aufpasser, die von der Existenz eines anderen Ausgangs nichts wußten, begnügten sich damit, den Eingang zu bewachen: wo wir hineingegangen waren, da mußten wir auch wieder herauskommen. Die Flucht war folgendermaßen geplant: Zum Zeitpunkt der abendlichen Rückkehr wollten wir die Wölbung des Tunnels zum Einsturz bringen und zum Ausgang gelangen. Die SS, die denken mußte, wir seien eingeschlossen, würde viel Zeit aufwenden müssen, um sich einen Weg zu uns zu bahnen. Wenn es uns gelingen sollte, nach draußen zu gelangen, wollten wir uns in alle Richtungen zerstreuen, wir hofften, auf diese Weise unsere Verfolger wenigstens für kurze Zeit zur Aufteilung ihrer Kräfte zu zwingen. Wir wußten nicht, wohin wir wollten, aber wir waren überzeugt, daß jedes nur denkbare Hindernis auf unserer Flucht nicht schlimmer sein würde als das, was wir jeden Tag ertragen mußten.

Dank der Hilfe des Lagerschneiders besaßen wir Uniformen, die wir mit Kohlepulver schwarz gefärbt hatten, damit sie, wenigstens von weitem, trotz ihres schlechten Schnitts so aussahen wie Zivilkleidung. Für die Flucht hatten wir gänzlich zufällig einen Tag ausgewählt, an dem die Mannschaften des Lagers besonders stark in Anspruch genommen waren, denn er fiel mit der Ankunft von zweitausend Deportierten zusammen. Es war also ein Tag, an dem sie ihre ganze Organisationsfähigkeit beweisen mußten.

Alles lief wie geplant, und wir konnten fliehen. Ich kam jedoch nicht sehr weit. Die Bergmannslampe, die ich bei mir hatte, erlosch rasch, und als ich dann im Dunkeln in der Landschaft umherirrte, fiel ich in ein tiefes Loch und verletzte mich schwer am Bein. Mit Mühe schleppte ich mich zu einer unbewohnten Hütte und verbrachte die Nacht in einem Schafstall; aber inzwischen war mein Bein so angeschwollen, daß ich nicht mehr stehen konnte.

Im Morgengrauen wurde ich von Hundegebell und einer Stimme geweckt, die mich aufforderte, mit erhobenen Armen herauszukommen. Als ich ins Lager gebracht worden war, stellte ich fest, daß sie uns alle erwischt hatten, außer einem; aber bevor ich mich darüber freuen konnte, sagte ich mir, diesen werden sie bestimmt auf dem Weg umgebracht haben. Auf alle wartete eine exemplarische Bestrafung: Die anderen Gefangenen sollten mit eigenen Augen sehen, was mit jenen geschah, die aus dem Lager flohen. Keinem von uns blieben die Peitschenhiebe erspart, danach ließen sie uns auf dem Appellplatz im Kreis herumlaufen, und die Kapos trieben uns mit ihren Gummiknüppeln an (eine Waffe, die sehr weh tat, doch keine Knochen brach), sie achteten darauf, daß wir nicht langsamer liefen. Und in diesem tragikomischen Karussell trugen wir alle ein Schild um den Hals mit der Aufschrift: »Ich liebe diesen Ort.«

Sie ließen uns laufen, bis wir am Ende unserer Kräfte waren. Wir sahen lächerlich aus, vor allem ich, weil ich auf einem Bein hüpfen mußte. Kaum zu glauben, daß das Gefühl für Lächerlichkeit das letzte ist, was uns verläßt; selbst aus den Reihen unserer Mithäftlinge, die gezwungen waren zuzuschauen, bekamen wir Spott und Hohn zu hören. Wegen unseres Fluchtversuchs hatten auch sie neue Schindereien ertragen müssen.

Am Abend wurden wir zur Krankenstation gebracht, wo sie uns, so gut es ging, wieder zusammenflickten: wir sollten in der Lage sein, den Rest der Strafe so lange zu erdulden, bis wir zu nichts anderem mehr fähig wären, als uns vor einer Mauer aufrechtzuhalten für die Schüsse des Exekutionskommandos. Nicht immer wurde ein Fluchtversuch mit dem Tod bestraft; aber wir hatten den Tunneleingang zum Einsturz gebracht, und das war Sabotage, für die es nur die Erschießung gab.

Als wir vor die Mauer getrieben wurden, verzehrte mich das Fieber, die Wunde am Bein eiterte, mein ganzer Körper war geschwollen und von blauen Flecken überzogen. Aber als ich sah, wie sich das Exekutionskommando in zwei Reihen aufstellte – die erste kniete sich hin, die dahinter stand –, dachte ich noch einmal an das Schachspiel, an die Eröffnungsstellung einer Partie, an die gegnerische Aufstellung kurz vor dem Eröffnungszug: die Knienden waren die Bauern und die Stehenden die anderen Figuren. Ich stellte mir einen riesigen unsichtbaren Spieler vor, der gleich den ersten Zug machen würde; und ich bereitete schon meine Verteidigung vor, als das Feuer eröffnet wurde und alle niederfielen, auch ich lag unter den anderen, wollte den Augenblick des Todes genießen, wenn dieser Augenblick überhaupt nach etwas anderem schmecken konnte als dem Leben.

Doch sosehr ich mich auch bemühte zu sterben, es gelang mir nicht; da ich mich noch selber und alles um mich herum wahrnahm, vom Gewicht der Leichen, das mich zu erdrücken schien, bis hin zu den schreienden Stimmen über mir, glaubte ich, noch nicht tot zu sein – oder glaubte, im Tod hörten die Gefühle nicht vollständig auf. Bald darauf ertönten in regelmäßigem Abstand Schüsse: die Gnadenschüsse, von denen einer sicher auch mich erwischen und meinen Zweifel sowie meine Fähigkeit, Zweifel zu empfinden, endgültig beseitigen würde. Als ich in diesem Augenblick das Bewußtsein verlor, glaubte ich zu sterben.

Nach den Visionen zu urteilen, die ich im Zustand der Bewußtlosigkeit hatte, hätte ich zur Schlußfolgerung kommen müssen, daß jeder seine eigene Hölle und sein eigenes Paradies hat. Ich weiß nicht, wie viele Tage und Nächte ich im Delirium vor einer überlangen Schachpartie saß. Bis eines Morgens diese riesigen Figuren, die meine Träume bevölkerten, menschliche Züge annahmen.

Ich fand mich im Revier auf einem Strohsack wieder, und neben mir standen ein Arzt und ein Krankenpfleger, die erleichtert mein Erwachen beobachteten. Rücklings lag ich auf einem Feldbett. Ich spürte keine Schmerzen. Langsam tastete ich meinen Körper ab, fand aber keine Wunde; nur mein Bein war sorgfältig verbunden. Ich konnte es nicht glauben: ich war unversehrt. Irgend etwas oder irgend jemand hatte meine Hinrichtung verhindert, aber nichts verleitete mich dazu anzunehmen, es sei um meinetwillen geschehen. Eine unbestimmte Zeit verbrachte ich in einer Art Halbschlaf, bis ich spürte, wie meine Kräfte allmählich zurückkehrten und mein Körper wieder Leben zeigte. Dennoch befand ich mich an einem Ort, der für viele die letzte Etappe vor dem Krematoriumsofen war. Die Hygiene war hier noch schlechter als sonst, denn viele Patienten (welch ein absurder Ausdruck) konnten sich nicht um sich selbst kümmern. Die Enge war unbeschreiblich – es ging so weit, daß zwei, drei Kranke in ein Bett gelegt wurden –; die Krankheiten breiteten sich aus, anstatt erfolgreich bekämpft zu werden. Es kam vor, daß man von einer Krankheit geheilt wurde und sich gleichzeitig mit einer anderen ansteckte. Die Fälle von Scharlach, Masern, Unterleibstyphus waren gar nicht zu zählen; und fast alle hatten die Ruhr in einem mehr oder weniger fortgeschrittenen Stadium. Wasser gab es weder zum Trinken noch zum Waschen, und die Latrinen waren zwei Wellblechbaracken, mit einem Graben und zwei darübergelegten Brettern. Für die Nacht wurden einige Eisenkübel bereitgestellt. Da das Licht ausgemacht wurde, konnte man sie in der Dunkelheit jedoch nicht finden. Trotzdem liefen in diesem Zusammenbruch Pfleger und Ärzte in weißen Kitteln herum und kümmerten sich um die Patienten; und der schreiendste Widerspruch bestand darin, daß diese Menschen, die mit der Würde von Leuchten der Medizin über die Gänge liefen, manchmal bei einem Kranken stehenblieben und sich nach seinem Befinden erkundigten oder fragten, ob die verordnete Behandlung Erfolg hätte, daß diese Menschen auf die gleiche Art von einem Augenblick zum anderen seinen Tod anordnen konnten; und der Tod wurde auf dem Revier fast immer mittels einer Formalinspritze in die Aorta herbeigeführt. Diese Hinrichtung wurde nicht an Ort und Stelle vorgenommen; der für unheilbar krank erklärte Patient wurde in eine Steinbaracke gebracht, die hinter den Latrinen stand und die wir das Schlachthaus nannten, und dort blieb er auch nach seinem sofortigen Tod noch viele Tage. Die Selektionen wurden praktisch jeden Tag durchgeführt und die Unglücklichen von den anderen getrennt und, damit sie nicht die Betten schmutzig machten, auf ein Wachstuch am Boden gelegt. Manchmal warteten sie ganze Tage, bevor ihr Schicksal sie ereilte, ohne Essen oder Wasser, da sie auf dem Papier bereits tot waren.

Und doch, ausgerechnet an diesem Ort wurde ich bevorzugt behandelt: doppelte Ration Kartoffeln, Brot, echte Butter … und sogar ein Feldbett für mich allein. Auch die Wunde am Bein wurde behandelt und schmerzte nicht mehr; wie sie mir sagten, war ich knapp einer Blutvergiftung entgangen.

Eines Tages kam ein Kapo und befahl mir, ihm in das Behandlungszimmer zu folgen. Dort zogen sie mich aus und steckten mich unter eine heiße Dusche. Danach wurde ich zu einem Barbier gebracht, der mir zunächst die Fingernägel bis zum Nagelbett abschnitt und dann nicht nur meinen Schädel und meinen Bart abrasierte, sondern mich bearbeitete, bis kein Haar mehr am ganzen Körper war. Nachdem sie mich von Kopf bis Fuß desinfiziert hatten, unterzogen sie mich einer genauesten ärztlichen Untersuchung, die unter den Instrumenten des Zahnarztes endete, der mir ohne Betäubung – in der Tat schmerzlos und ohne starke Blutung – einen entzündeten Backenzahn zog (zur Bestätigung hielt er ihn sich unter die Nase, wie man es mit einem Weinkorken tut). Als letztes verbanden sie mein Bein neu und gaben mir eine fast neue und gründlich gewaschene Uniform.

In dieser sauberen Sonntagskleidung führte mich der Kapo über den Appellplatz, und im blendenden Licht des Spätseptembertages liefen wir an den Baracken vorbei, bis wir zum Platz vor dem Haus der Lagerleitung kamen. Zu meinem großen Erstaunen gingen wir in das Haus hinein. Über Flure und Treppen gelangten wir schließlich zu einer Tür, die von zwei SS-Männern bewacht wurde. Der Kapo öffnete sie und drückte mir, wie eine Wegzehrung, etwas in die Hand, ich umklammerte es, ohne nachzuschauen, was es war, denn ich wurde sofort hineingeschoben und die Tür hinter mir geschlossen. Ich blieb einen Schritt hinter der Schwelle vollkommen still stehen, das war die korrekte Haltung, wenn man nicht bestraft werden wollte. Mir wurde die Mütze abgenommen, und ich stand in der demütigsten Haltung, deren ich fähig war, versuchte aber doch, mich umzusehen. Ich war in einem ziemlich großen Saal, der Boden war mit Teppichen ausgelegt; rechts von mir waren an der Wand zwei Standarten so geschickt drapiert, daß das Emblem deutlich zu erkennen war: schwarz auf rot-weißem Grund; auf der gegenüberliegenden Seite stand vor dem Fenster ein großer Schreibtisch, hinter dem merkwürdigerweise ein Sessel so stand, daß ich nur die hohe Rückenlehne sah.

In diesem Augenblick trat durch eine Seitentür wie aus Theaterkulissen ein Komparse in Uniform ein, ging zum Sessel, beugte sich hinab und flüsterte dem vermutlich dort Sitzenden etwas zu, um darauf wieder dort hinauszugehen, wo er hereingekommen war. Erst nach ein paar Minuten drehte sich der Sessel halb um, und ich sah den dort Sitzenden.

Er saß im Gegenlicht, deshalb waren seine Züge im Dunkeln, ich erkannte ihn nicht sofort. Mit einer Handbewegung forderte er mich auf, näher zu treten. Ich durchquerte den grenzenlosen Raum mit gesenkten Augen, die ich immer noch weiter senkte, je näher ich herankam, und bemühte mich, mit meinen Holzpantinen nicht die kostbaren weichen Teppiche zu beschädigen. Zwei Meter vor dem Schreibtisch blieb ich stehen: so war es uns vorgeschrieben. Die Stimme, die in diesem Augenblick ertönte, war mir irgendwie vertraut: »Ich habe an Ihnen etwas wiedergutgemacht«, sagte er. »Unsere letzte Partie endete mit einem Remis, und ich habe zu Unrecht Ihren Platz eingenommen.«

Ich verstand nicht, wovon er sprach. Mein abnormales Schuldgefühl flößte mir die Angst ein, eine noch schlimmere Strafe erleiden zu müssen als den Tod; obwohl ganz weit hinten in meiner Erinnerung ein Funken aufleuchtete, aus dem jedoch keine Flamme wurde. Dann, als die beklemmende Scheu, die ich bei dieser Uniform empfand, nachgelassen hatte, erkannte ich in diesem Gesicht menschliche Züge, in denen ich trotz großer Anstrengungen nichts anderes sah als eine ausgesuchte Höflichkeit – sie hatte sich mit der Zeit in das Wesen seines Geschlechts eingeprägt – und feinste Manieren, die auf eine durch zahlreiche Generationen praktizierte Erziehung hinwiesen. Plötzlich wurde ich mir des Gegenstandes bewußt, den ich in der geschlossenen Faust hielt. Es war ein Pfennigstück. Ich hielt es so fest, daß es mir fast ins Fleisch schnitt.

Genau in diesem Augenblick nahm ich noch einmal, wie in einer düsteren Offenbarung, das Zeichen auf seiner Stirn wahr.

Wieviel Jahre waren seit dem letzten Mal vergangen? Dennoch schien es so, als wäre die Zeit nachsichtig, sogar wohlwollend mit ihm umgegangen: Seine Haut war noch klarer, seine Haare noch feiner, und obwohl sie im Nacken und an der Schläfe wegrasiert worden waren, erlaubte er sich eine herabfallende Strähne, eine weiche Welle, die das Ohr umspielte, ohne es zu berühren.

»Welche Ehre!« dachte ich in meinem blinden Automatismus. »Nach so langer Zeit gibt er mir einen Pfennig zurück.«

Außerdem sprach er mich mit Sie an. Er behandelte mich wie seinesgleichen. Unversehens schien es mir so, als ob alles, was ich gesehen und erlebt hatte, nur ein geschmackloser Scherz gewesen und das Leben mit einem Schlag zur Normalität zurückgekehrt wäre.

»Sie fragen sich vermutlich«, sagte er, »wem Sie die Hilfe in einer so schwierigen Lage verdanken. Nun gut, ich werde es Ihnen sagen: Unglücklicherweise befinden sich unter meinen Kollegen nur sehr schlechte Schachspieler, und meine einzige Hoffnung, einige anständige Schachpartien spielen zu können, ruht nun auf Ihnen. Ihnen ist sicher nicht entgangen, daß wir eure persönlichen Verdienste zu schätzen wissen, daß wir versuchen, euer Talent ins rechte Licht zu rücken. Sie haben sicher bemerkt, daß es im Lager eine Schauspielertruppe, ein Orchester gibt, daß wir geschickte Handwerker und Zimmerleute, Gärtner und Köche haben ... Sie nehmen es mir doch nicht übel, nicht wahr, wenn es in Ihrem Fall das Talent zum Schachspiel ist, das wir pflegen wollen. Worum ich Sie bitte, ist also nur, daß Sie einige Partien in der Woche mit mir spielen, ein Match, sagen wir, solange ich will und Zeit dazu habe. Und das könnte Ihnen einige weitere günstige Möglichkeiten eröffnen. Jetzt kommen Sie, und setzen Sie sich!«

Nur diesen letzten Satz sagte er in einem autoritären Tonfall, der keine Ausflüchte oder abschlägigen Antworten zuließ. Deshalb ging ich, während er seinen Sessel wieder umdrehte und erneut mit dem Rücken zum Schreibtisch saß, einen Schritt nach vorn und sah auf der anderen Seite ein Tischchen, auf dem ein vorbereitetes Schachspiel stand. Daneben stand ein Hocker. Dort sollte sicher ich Platz nehmen, und so setzte ich mich auf den Hocker, ohne ein Wort zu sagen.

Das Schachbrett bestand aus polierten, aber nicht glänzenden Ebenholz- und Ahornfeldern; die Figuren waren feinste Arbeit. Wenn man sie aufhob, vermittelten sie das Gefühl einer Harmonie von Gewicht und Form; sie waren mit Samt unterlegt, so daß sie sanft über die Felder glitten, wo sie sich mit einer Art zorniger Reglosigkeit aufrichteten.

Wir begannen zu spielen, und ganz allmählich riefen diese vergessenen taktil-visuellen Wahrnehmungen, diese einfachen Gesten, um die Figuren auf dem Schachbrett zu bewegen, scharenweise Kindheits- und Jugenderinnerungen hervor. Ich konnte feststellen, daß mein Gedächtnis noch in Ordnung war, daß ich nichts vergessen hatte; und diese Entdeckung bewirkte in mir einen heilsamen Schock. Ich war noch ein menschliches Wesen, besaß noch intakte Gefühle, Gemütsbewegungen … Gefühle und Erinnerungen stürzten durcheinander auf mich ein und rollten schwerfällig bis zur Gegenwart, einer Zeit, die bis zu diesem Augenblick irreal und wie von mir abgetrennt war. Mehrmals mußte ich die Tränen unterdrücken, die mir die Kehle mit einem neuerwachten Selbstmitleid zuschnürten, einer schmerzlichen Sehnsucht nach allem, was ich verloren hatte. Vor meinen Augen lief inzwischen die Partie fast unabhängig von meinem Willen ab. Mit der ihnen innewohnenden kalten Logik drängten sich die weißen Figuren zwischen die schwarzen, die gegensätzlichen Kräfte glichen sich aus, und von weither zeichnete sich von Zeit zu Zeit, wie das Licht eines Leuchtturms, die Schlußstellung ab.

Seit wie langer Zeit hatte ich nicht mehr Schach gespielt – will sagen, gegen einen echten Gegner –, mich nicht mit einem Geist gemessen, der nicht meiner war, und nicht Figuren vor mir gehabt, die man anfassen und bewegen konnte? Mir schienen sehr viele Jahre vergangen zu sein, seit ich das letzte Mal den Kopf eines Springers oder das barocke Haupt eines Läufers gestreichelt hatte – und doch hatte ich noch vor wenigen Monaten mit meinem Vater in dem Haus gespielt, in dem wir unsere letzte Zuflucht gefunden hatten. Ich sah wieder diesen Vorort von Linz, an dem wir unter falschem Namen ein falsches Leben führten und mit einer vordergründigen Ruhe täglich einer geregelten Existenz nachgingen, die nach den üblichen, täglichen Verrichtungen eingeteilt war; alles war so nachhaltig ruhig, daß wir manchmal (doch nur für einen kurzen Augenblick) die Illusion hatten, in Sicherheit zu sein. Damals fragte ich mich, wie lange diese Täuschung aufrechterhalten werden konnte, denn auch in dem Blick eines Passanten oder dem Lächeln eines Verkäufers und selbst in einer Geste echter Höflichkeit meinten wir unsere Anklageschrift zu sehen. Bei jedem Türklingeln, bei jedem Geräusch von Schritten auf der Treppe waren wir davon überzeugt, daß unsere Stunde geschlagen hatte.

Mein Vater hatte eine gewaltige Summe bezahlt und einen Herrn Bauer, einen Jagdaufseher, damit beauftragt, die Flucht mit einem Lastkahn auf der Donau zu organisieren. Alles war vorbereitet, und in wenigen Tagen sollten wir das Land verlassen. Mein

Vater erzählte es uns beim Essen. Er strahlte und wollte eine alte Flasche Rheinwein aufmachen. Der Wein war nicht mehr gut, aber niemand achtete darauf. Der Tag verlief in offenkundiger Heiterkeit. Meine Mutter spielte auf dem Klavier einige Stücke aus dem *Album der Anna Magdalena Bach,* und es schien, als ob uns keine Gefahr drohte. Es wurde Abend, ein milder Maiabend. Da holte mein Vater das Schachspiel und schlug mir vor, eine Partie zu spielen. Wir hatten seit Jahren nicht mehr miteinander gespielt; seit dem Tag, an dem er mich das letzte Mal unterrichtet hatte; wir hatten es zu einer Art Regel gemacht. Aber an diesem Abend wollte er mich um jeden Preis herausfordern, und so spielten wir bei dem schwachen Licht einer mit blauem Papier abgeschirmten Lampe. Wir klebten einige Stunden lang an diesem Spiel fest; mein Vater war am Verlieren, und ich wußte nicht, was ich tun sollte; so tun, als ob ich in seine letzte verzweifelte Falle tappte, oder ihn enttäuschen. Aber in diesem Augenblick klingelte es an der Haustür, und Herr Bauer kam hoch. Mit bleichem Gesicht murmelte er, es sei etwas schiefgegangen, und er fürchte, jemand hätte geplaudert. Er konnte nicht zu Ende sprechen: hinter ihm tauchten Männer der Gestapo auf.

»Sie sind am Zug!«

Ich rüttelte mich aus diesem Tagtraum auf. Die Stellung auf dem Schachbrett nahm wieder Gestalt an. Was tun? fragte ich mich wiederum: so tun, als ob ich in seine beschämende, kindliche Falle geriete? Oder ihn enttäuschen und den Zug machen, der mir den Sieg bringen würde? Ich zögerte ein wenig, aber dann entschied ich mich zu verlieren; ich gestehe, ich tat es nur aus Angst. Sicher, ich ließ mich elegant schlagen, ich spielte noch lange, und mein Gegner mußte sich tapfer gegen die Hiebe meiner Angriffe wehren. Aber ich verlor die Partie.

Ich wurde wieder ins Revier zurückgebracht; es war neun Uhr abends, als ich einschlief. Aber mitten in der Nacht wurde ich von einem Kapo geweckt, der mir befahl, ihm zu folgen. Ich gehorchte, ohne Fragen zu stellen, die ihn nur böse gemacht hätten. Wir verließen das Lager. Die Heide war vom Halbmond erleuchtet. Wir kamen zu einer Gruppe von Männern: es waren zwei von der SS mit einem Häftling, der sich wohl vor Schmerz krümmte. Wir liefen alle fünf im Schein einiger Taschenlampen weiter und hielten in einem Lärchenwäldchen oben auf einem Hügel an, der nicht weit weg vom Lager war. Dem Häftling wurde befohlen, sich auszuziehen; dann wurde er kurz und bündig an einen Baumstamm gefesselt. Die beiden Taschenlampen waren auf ihn gerichtet, und zum ersten Mal sah ich ihm ins Gesicht und bemerkte die blauen Flecke am Unterleib. Entsetzt wollte ich meinen Blick abwenden, doch sie zwangen mich, die ganze Szene mit anzusehen: Der Kapo ließ mich nicht aus den Augen, und sobald ich den Kopf senkte, stieß er ihn mit der Spitze seines Gummiknüppels wieder nach oben. Der Häftling war jung, kaum älter als zwanzig Jahre, auch wenn er jetzt so ausgemergelt war, daß er den Zustand eines »Muselmanen« erreicht hatte; sein amtliches Alter festzustellen wäre in diesem Zustand leere Konvention gewesen. Nur die dunklen und wachen Augen, die Augen eines Kindes im Gesicht eines Greises, verrieten sein Alter. In diesem Augenblick weinte er und flehte seine Peiniger an, ihn nicht zu töten, weil er nichts getan hätte. Aus der Antwort eines SS-Mannes entnahm ich, daß man ihn beschuldigte, ein Kleidungsstück gestohlen zu haben. Der Mann, der soeben gesprochen hatte, trat näher, zog die Pistole aus der Tasche und schoß ihm mitten ins Gesicht. Der Körper sackte in sich zusammen und rutschte am Stamm entlang. So blieb er hängen, ein Knochenbündel, das nur von den Stricken gehalten wurde. Wenn schon an seinem lebendigen Körper wenig dran war, blieb nach seinem Tod fast nichts mehr von ihm übrig: das Skelett eines großen Vogels, könnte man sagen, der sich im Netz verfangen hatte. Nach Erledigung seiner Pflicht blickte der Henker angewidert auf seinen Stiefel herab, der ein paar Spritzer abbekommen hatte, und fluchend wischte er den Stiefel mehrmals an der Häftlingskleidung ab, die auf dem Boden lag. Dann drehte er sich zu mir um, und ich fürchtete um mein Leben. Aber nichts geschah. Ich mußte einen merkwürdigen Gesichtsausdruck gehabt haben, denn die drei fingen an zu lachen, lachten und scherzten auf dem gesamten Rückweg, und als wir ins Lager kamen, machten wir den Eindruck einer fröhlichen Gruppe von Nachtschwärmern, die den größten Säufer nach Hause brachten.

Tagelang tauchte diese Szene von unsinniger Brutalität immer wieder vor meinen Augen auf. Schon wenn ich mich umblickte, nahm ich in jedem Gesicht (eine grauenhafte Magerkeit ließ uns alle gleich aussehen) denselben Ausdruck wahr, diesen verstörten Blick und diese Zähne, die ich zusammengepreßt gesehen hatte, wie um den Schuß, der ihn kurz darauf töten sollte, zu ertragen.

Aber warum haben sie mich gezwungen, Zeuge dieses Todes zu sein, fragte ich mich immer wieder. War es vielleicht der Preis, den ich nach ihrer Meinung bezahlen mußte? Ein anderes Leben anstelle meines Lebens, und ich sollte dabei und mir dieses Tausches vollkommen bewußt sein? Es war nicht das erste Mal, daß ich einer Hinrichtung beigewohnt hatte, doch diese war sozusagen mir zu Ehren inszeniert worden. Nach einigen Tagen erst konnte ich sie vergessen, ein Schrecken löste den anderen ab.

Es dauerte nicht lange, und ich wurde zur zweiten Partie gerufen. Auch in dieser Partie mußte ich an einer Stelle eine schwierige Entscheidung treffen. Mein Gegner hatte einen ungeheuren Flüchtigkeitsfehler begangen, dabei hätte er relativ leicht gewinnen können. Und das wäre ein verdienter Sieg gewesen. Doch nachdem er das Spiel mit unbestreitbarem Können begonnen hatte, hatte er sich jetzt etwas Schönes eingebrockt. Aber auch meine Stellung war, allerdings aus anderen Gründen, gefährlich. Ich stand an einem Scheideweg: auf der einen Seite ein mit Sicherheit siegreicher Weg; auf der anderen eine Fortsetzung des Spiels, die sicher mit einem Remis enden würde. Wieder nagte der Zweifel an mir: sollte ich gewinnen oder remis spielen? Ein Sieg wäre einfach gewesen, aber hätte ich als Sieger mein unterwürfiges Verhalten bewahren können? Nur davor hatte ich Angst. Deshalb wählte ich das Remis. Mich erstaunte jedoch, daß der Gesichtsausdruck meines Gegners (genau wie beim ersten Mal) nicht die geringste Spur von Zufriedenheit erkennen ließ. Vielmehr zog er fast eine enttäuschte Grimasse.

Obwohl ich wieder vollständig gesund war, hatten

sie mich noch nicht ins Arbeitslager zurückkehren lassen. Es war nun offenkundig, daß Anordnungen von oben einen Privilegierten aus mir gemacht hatten. Ich fürchtete, diese eindeutigen Privilegien teuer bezahlen zu müssen.

Vielleicht dachten sie, ich müßte trotzdem beschäftigt werden; oder sie wollten mich nicht vergessen lassen, daß ich an einem Ort des Todes weilte. Tatsache ist, an jenem Abend, nach Beendigung der zweiten Partie, mußte ich – als einziger Zeuge – dem Erhängen zweier Sträflinge zuschauen. Die Hinrichtung erfolgte auf dem Appellplatz, und zu ihrem letzten Tanz spielte sogar das Lagerorchester auf. Sollte ich auch dies als ein Privileg auffassen?

Nach drei Tagen (ich nahm an, der Spielplan sah zwei Treffen in der Woche vor) forderten wir einander zur dritten Partie heraus. Dieses kleine Quadrat, das Schachbrett, schien mir der letzte Ort auf der Welt zu sein, an dem ich mich noch frei fühlen konnte: eine recht kleine Fläche, die sich aber nach wenigen Minuten ausdehnte und zu einem grenzenlosen Universum wurde. Dennoch mußte ich mir Gewalt antun, mir sozusagen Blei an die Füße hängen. Ich konnte es mir nicht erlauben, ihn zu demütigen, hier ging es um mein Leben; also schlug ich zu, doch nicht zu stark, und ließ mich schlagen, wobei ich wußte, es hing nur von meiner Entscheidung ab, ob ich den Schlag abschwächte. Aber ich mußte sehr vorsichtig sein und darauf achten, daß alles zufällig und nicht absichtlich wirkte. Er war immerhin noch ein Meister und hätte den Betrug bemerken können.

Ich schämte mich meines Spiels, tat aber alles, damit er mit seinem zufrieden war. Ich fiel absichtlich in seine Fallen, akzeptierte seine Opfer, auch wenn sie für mich nachteilig waren. Hier kamen mir meine schauspielerischen Fähigkeiten zugute. Doch wie viele gute Gelegenheiten mußte ich verstreichen lassen, wie schwer fiel es mir zu verlieren. Ein Spieler, der etwas auf sich hält, will mit Weiß gewinnen und mit Schwarz nicht verlieren; ich hingegen versuchte, mit Weiß ein Remis zu erreichen und mich mit Schwarz schlagen zu lassen. Jedesmal wenn ich eine Zugfolge wählte, die zur Niederlage führte, überkam mich ein Gefühl der Übelkeit; ich mußte meiner Natur zuwiderhandeln, als sollte ich meinen Gott verleugnen.

Und so ließ ich mich auch in dieser dritten Partie besiegen. Aber als ich in meinen Block zurückkehrte, als sich hinter mir die Tür meines Gefängnisses schloß, wurde ich von einer fürchterlichen Vorahnung ergriffen, daß mir etwas Schreckliches passieren würde.

Wie ich es befürchtet hatte, wurde ich wieder mitten in der Nacht aufgeweckt. Einen Moment lang meinte ich die Gestalt meines Vaters vor mir zu sehen, der mich aus dem Schlaf weckte, um mir die gerechte Strafe für meine Übeltaten aufzuerlegen. Nur einen Moment lang; dann sah ich hinter dem blendenden Schein einer auf mich gerichteten Taschenlampe, wie jemand brüllte, ich solle sofort aufstehen. Wieder war es überflüssig zu fragen, wohin ich geführt wurde: ich sollte es sehr schnell erfahren.

Es war eine mondlose Nacht. Das einzige Licht war der blinkende Schein einer Taschenlampe. Der Trupp, der mich übernommen hatte, bestand wohl aus einem halben Dutzend Männern oder mehr; aber in dieser fast totalen Finsternis konnte ich nur Schatten ausmachen. Dagegen hörte ich sie sprechen; zwei von ihnen machten ihre Späße, vielleicht über mich; einer von ihnen fragte den anderen, ob ich schon jemals auf Wachteljagd gegangen sei. Wir hielten an einer Stelle an, die wie eine Lichtung aussah. Zwei andere SS-Männer warteten dort auf uns. Sie hatten ihre Taschenlampen auf den Boden gerichtet; sonst herrschte ringsum eine undurchdringliche Finsternis. Dennoch nahm ich im Dunkeln eine Bewegung wahr, ein Rascheln, ein Flüstern war zu hören, als bete jemand, aber obwohl ich forschend in die Richtung blickte, aus der diese Geräusche kamen, konnte ich nichts sehen, und ich dachte, vielleicht hoffte ich es, daß mir meine Phantasie einen Streich spielte. Die Nacht war an ihr Ende gelangt und wurde durchsichtig. Auf dem Boden, zart von einem taufrischen Lichtschleier überzogen, schien ein dunkler Fleck unauslöschlich zu sein. Und dann, erst dann konnte ich den Graben unterscheiden. Er war nicht tief, etwa zwei Meter breit und drei Meter lang, und sah fast wie eine natürliche Senke in dem Gelände aus. Und dort zeigten sich menschliche Gesichter.

Die Taschenlampen wurden ausgemacht. Das Licht nahm zu, und mit ihm erklang immer stärker das Geschrei der Vögel. Eine Weile aber bewegte sich keiner. Schließlich erklang ein Befehl: Einer der SS-Leute näherte sich dem Graben, ging um ihn herum, nahm das Bajonett vom Gewehr und kniete dann nieder, fing an, damit in dem Graben zu rühren wie mit einem Kochlöffel in einem riesigen Suppentopf. Er schnitt die Stricke an den Handgelenken der Häftlinge durch. Danach erhob er sich und steckte das

Bajonett wieder auf. Auch die anderen kamen näher und stießen mich mit dorthin. Aus dem Graben klang Gejammer herüber, das sofort von den Flüchen des Truppführers übertönt wurde, der schrie, so laut er konnte, alle sollten aufstehen. Irgend etwas schien sich jetzt mit einer trägen Langsamkeit zu entwirren; Gliedmaßen schienen sich zu einer vergessenen Form wieder zusammenzusetzen, und ein Körper nach dem anderen erhob sich wie beim Klang der Posaunen des Jüngsten Gerichts. Ihnen wurde befohlen, alles auszuziehen. Es waren Frauen oder vor nicht langer Zeit Frauen gewesen. Vier Frauen unbestimmbaren Alters. Derjenige, der sie von ihren Fesseln befreit hatte, sagte ihnen, sie seien frei, befahl ihnen aber, so schnell wie möglich zu verschwinden, ehe er seine Meinung ändere. Über die vier Gesichter huschte im Nu ein dumpfes Erstaunen, aber sofort ertönte noch drohender wieder der Befehl, so schnell wie möglich wegzulaufen. Nun sah ich, wie aus dem Graben vier gestikulierende Gestalten herausstiegen, stolpernd losliefen, hinfielen, wieder aufstanden und dann mit einer alptraumartigen Angst in die Heide zu laufen begannen, über der jetzt die Nebelschleier der Morgenröte lagen. Doch gleich darauf hörte ich das Klicken der Gewehrschlösser, hörte, wie die Kugeln in den Lauf glitten. Sie stellten sich ohne Hast in Schußposition auf. Sie warteten so lange, bis die Aufgabe für sie eine sportliche Herausforderung war. Und dann begann die »Wachteljagd« …

Jetzt bestand kein Zweifel mehr: mein privilegierter Status hatte einen zu hohen Preis. Sie zwangen mich, ihre Ausrottungsmethoden mit anzusehen, und das bedeutete, sie bezogen mich mit ein, sie beschwerten mein Gewissen. Kurz gesagt, ich mußte meine Straffreiheit teuer bezahlen. Ich fragte mich nur, was sie damit beabsichtigten. Ein unmittelbarer Zeuge konnte nicht sehr lange am Leben bleiben. Wollten sie mir von Anfang an jede Illusion rauben? Oder war alles in irgendeiner Weise mit dem Schachspiel verbunden? Diese zweite Annahme verstärkte sich immer mehr. Ich bildete mir ein, es handele sich um einen Versuch, mich zu zermürben, um meine geistige Klarheit zu trüben, mir die Konzentrationsfähigkeit zu rauben. Ich wußte, ich hatte es mit einem Spieler zu tun, der, um zu gewinnen, alle ihm zur Verfügung stehenden Methoden nutzen würde. Ich hatte nicht vergessen, was in Wien am Vorabend unserer letzten Partie geschehen war. Dennoch gelang es mir nicht, zu verstehen. Wenn diese Art der Folter das Ziel hatte, meine Konzentration zu beeinträchtigen, warum fand sie dann nach Abschluß der Partie, und zwar gleich danach statt, so daß ich genug Zeit hatte, mich für die folgende zu erholen, und nicht, wie es logischer gewesen wäre, unmittelbar davor? Wenn das alles tatsächlich einen Bezug zu unserem Spiel hatte, schien es eher eine direkte Konsequenz zu sein als eine Vorsichtsmaßnahme.

Dieses Mal verging mehr als eine Woche, bevor ich zur nächsten Partie geholt wurde. Schon bei der Vorstellung, was hinterher geschehen könnte, erschreckte mich der Gedanke, Schach spielen zu müssen. Es war, als hätte ich das Spiel vollständig vergessen, sogar die Grundregeln. Der Ort war derselbe, das Schachspiel stand bereit, und mein Gegner schien vom Nimbus der Unbesiegbarkeit umgeben. Er war außerordentlich höflich und bot mir sogar eine Zigarette an.

»Wie fühlen Sie sich heute, mein Lieber?«

»Nicht gut.«

Sein Erschrecken war offenkundig. »Wirklich? Was ist geschehen? Sind meine Anordnungen, Sie mit allem Respekt zu behandeln, nicht befolgt worden? Beim Essen vielleicht? Haben sie Ihnen nicht genug zu essen gegeben?«

»Über das Essen kann ich mich nicht beklagen.«

»Oder vielleicht ist es der Ort, an dem Sie wohnen, der Ihrer Konzentration schadet?«

»Ich könnte mir keinen besseren wünschen.«

»Nun, was dann?!« Seine Stimme verriet einen Anflug von Unduldsamkeit. Offensichtlich ertrug er es nicht, daß ein Jude, obendrein in meiner Lage, sich erlaubte, sarkastisch zu sein. Doch es war kein Sarkasmus, denn nicht nur konnte ich mir nichts Besseres vorstellen – ich konnte mir gar nichts vorstellen.

Deshalb kam ich sofort auf den Punkt. »Sie wecken mich in der Nacht«, sagte ich.

»Wer weckt Sie in der Nacht, mein Lieber? Vielleicht Ihre schlechten Gedanken?«

»Ich weiß es nicht. Vielleicht sind es die Männer des Kommandos.«

»Und warum tun sie es?«

»Sie befehlen mir, ihnen zu folgen und Hinrichtungen beizuwohnen.«

Er schwieg einen Augenblick, als ob er die richtigen Worte für etwas suchte, das ihm am Herzen lag. »Ich glaube«, sagte er schließlich, »daß Ihr Spiel nicht mehr so ist wie früher. Es ist auf irgendeine Weise schlechter geworden.«

»Das verstehe ich nicht ...«

»Sie werden es verstehen, ja, mein Lieber, und ob Sie es verstehen werden!« platzte er plötzlich los und ließ seine Feindseligkeit mir gegenüber erkennen, die er bis jetzt hatte verbergen können. »Diese Männer, müssen Sie wissen, habe ich geschickt.«

Ich verstand noch immer nicht.

»Mein Lieber, wenn es jemals Menschen gab, die sich rühmen konnten, mich an der Nase herumgeführt zu haben, so war ganz bestimmt kein einziger Jude darunter. Ach, Ihre Rasse! Listig bis zum Tod, nicht wahr? Sie tun so, als ob Sie es nicht verstünden, aber ich kann nicht wirklich glauben, daß einige Monate harter Disziplin in diesem Lager aus Ihnen einen Dilettanten der übelsten Art gemacht haben. Wissen Sie, mein Lieber, wenn ich Ihnen das Leben gerettet habe, so nur, um einen Gegner vor mir zu haben, der seines Ruhmes würdig ist. Sie können mich nicht betrügen. Ich gebe mich nicht zufrieden. Die erste Partie hätten Sie gewinnen können. Und in der zweiten haben Sie mir ein Remis geschenkt. Von der letzten gar nicht zu reden.«

An diesem Punkt widersetzte ich mich mit der ganzen Kraft, die noch in meinem Körper war. »Das ist nicht wahr«, schrie ich. »An diesem Ort bin ich nicht mehr ich selbst. Ich habe nicht mehr meine Kraft, meine Konzentration, meine Würde. Ich kann mit diesen Sachen am Leib nicht so spielen wie sonst.«

Einen Augenblick lang schien er meinen Protest ernsthaft zu überdenken. Er kam, lief um mich herum und betrachtete meinen Kopf wie ein Friseur, der nach Beendigung seiner Arbeit das Ergebnis überprüft. Meine Schädelform interessierte ihn anscheinend.

»Sehen Sie, mein Lieber, die ganze Zeit, die seit unserer ersten Begegnung verstrichen ist, habe ich mich immer gefragt, wer von uns beiden wohl der Stärkere ist. Damals, Sie erinnern sich, wurden wir beide als die möglichen künftigen Anwärter auf den Weltmeistertitel angesehen. Sicher lag noch ein langer Weg vor uns, aber wir hatten gute Chancen. Doch haben uns die geschichtlichen Ereignisse von unserer gemeinsamen Leidenschaft abgelenkt. Ihre Karriere ist zerstört worden – und meine auch. Als ich Sie hier in diesem Lager gefunden habe, meinte ich, in einem solchen Zufall ein Zeichen des Schicksals zu erkennen. Ich habe mir gesagt, endlich ist die Gelegenheit gekommen, unsere Kräfte zu messen. Aber dann ist mir bewußt geworden, daß unsere ungleiche Verfassung den Wettkampf entwertet hätte. Deshalb traf ich die Anordnung, Ihnen ausreichende Nahrung zu geben und Sie, wie Sie bemerkt haben, auch von jeder körperlichen Arbeit zu befreien. Ein Bedenken jedoch blieb: Konnte ich mit Ihrem Willen, gewinnen zu wollen, rechnen, oder würden Sie sich von der Versuchung verleiten lassen, mir mit einem Spiel unter Ihrem Niveau zu schmeicheln, um sich ein bequemes Leben zu sichern? Und ich beschloß, wir würden um einen Einsatz spielen; denn wer um einen Einsatz spielt, und sei er noch so klein, kann sich nicht erlauben, mit halber Kraft zu spielen.«

»Ich sehe nicht, welchen Einsatz ich auf den Tisch legen könnte.«

»Da irren Sie sich, mein Lieber. Sie spielen schon seit geraumer Zeit um Ihren Einsatz.« Mein Erstaunen schien ihn zu amüsieren. Jetzt legte er mir gegenüber ein selbstgefälliges Verhalten an den Tag, als sei er gezwungen, einem Dummkopf einen philosophischen Grundsatz zu erklären, und müsse dazu auf ein einfaches Gleichnis zurückgreifen. »Ich möchte Ihnen eine Anekdote über das Spiel erzählen.« Er setzte sich wieder auf seinen Sessel und schlug die Beine übereinander. Er bereitete sich auf das Vergnügen vor, das ihm diese Erzählung bereiten würde.

»Ein Gutsherr traf eines Tages bei dem Besuch seiner Ländereien zwei Bauern, die Karten spielten und als Einsatz statt Geld getrocknete Bohnen genommen hatten. Er fragte sie, ob diese Bohnen eine Art Spielmarken seien, wie man sie üblicherweise anstelle von Geld verwendet. Aber die beiden Bauern antworteten, nein, es seien ganz gewöhnliche Bohnen. ›Worin liegt da der Spaß, um getrocknete Bohnen zu spielen?‹ rief der Herr aus. ›Diese Bohnen sind unsere einzige Habe‹, antworteten die Bauern.«

Er gestattete sich eine Pause, um mir Zeit zum Nachdenken zu geben.

»Nun, Sie wissen ja, daß ich niemals ohne Einsatz spiele: auch wenn er symbolisch ist, stellt er in gewisser Weise einen Verlust für den Verlierer dar. Und ich habe mich lange gefragt, welchen Einsatz ich Ihnen vorschlagen könnte, da Sie nichts anderes besaßen als den Pfennig, den ich Ihnen zurückgegeben hatte. Nachdem Sie ihn verloren hatten, besaßen Sie nichts mehr. Oder glauben Sie noch etwas anderes zu besitzen als diesen Pfennig?«

»Nichts«, antwortete ich.
»Sind Sie da sicher?«
»Ich besitze noch mein Leben.«
»Gewiß, das Leben. Glauben Sie, daran habe ich nicht gedacht? Auch das Leben stellt einen ausgezeichneten Einsatz dar. Es ist sehr romantisch, um sein Leben zu spielen. Aber nach der ersten Niederlage würde ich meinen Gegner verlieren. Es sei denn, Sie besäßen sieben Leben wie die Katzen.« Er lachte über diese Worte und erwartete – vergeblich –, daß auch ich seinen Humor würdige. »Ich gestehe, mein Lieber, daß ich an einem Punkt glaubte, der Lösung nahe zu sein. Sie haben außer Ihrem Leben noch einen Körper; Sie besitzen zehn Finger, zehn Zehen, zwei Ohren, zwei Augen, eine Nase ... und wenn Sie so wollen, noch einen anderen Anhang. Warum nicht? Die Versuchung lockte. Der Gedanke war mir gekommen, als ich den Kaufmann von Venedig las. Erinnern Sie sich an das halbe Pfund Fleisch? Ich habe sogar mit dem Lagerarzt darüber gesprochen, der begeistert war. Mit ärztlicher Pflege gab es keine Gefahr einer Infektion, und die Heilung, rein klinisch betrachtet, würde auch sehr schnell vonstatten gehen. Wenn ich diese Idee aufgegeben habe, so nur deshalb, weil ich Sie dann in der Zeit, sagen wir, der Rekonvaleszenz nach Ihren ›Verlusten‹ hätte entbehren müssen. Und außerdem hätte ich mich niemals damit rühmen können, mit einem ... unversehrten Gegner gespielt zu haben.« Wieder lachte er. »Darüber hinaus wäre es nicht gerecht gewesen, weil wir keine gleichwertigen Einsätze ins Spiel bringen könnten: Wieviel Geld ich auch verloren hätte, und wären es Münzen

aus Feingold, für Sie hätten sie weniger Wert gehabt als die getrockneten Bohnen. Und dann kam mir schließlich die Erleuchtung. Wie dumm, daß ich nicht früher darauf gekommen bin. *Es gibt* etwas, das wir beide in großem Überfluß besitzen und das wir beide auf den Tisch legen können. Auch wenn jeder von uns diesem Einsatz einen unterschiedlichen Wert beimißt.«

An diesem Punkt öffnete er eine Schreibtischschublade und gab mir einen Umschlag, den ich nahm und in den Händen umdrehte. Darauf stand: »Damit Sie besser nachdenken.«

»Jetzt können Sie gehen«, sagte er zu mir. Und schon stand ein SS-Mann hinter mir und führte mich hinaus. Während wir über den leeren Platz gingen, der sich am Zaun entlang bis weit hinten zur Revierbaracke erstreckte, öffnete ich den Umschlag. Er enthielt Fotografien mit Gesichtern von Menschen, die mir unbekannt schienen, auf der Rückseite trugen sie jeweils den Namen und den Vornamen, Geburtsort und -tag, dahinter den Todestag; die Tage, an denen sie gestorben waren, lagen noch nicht lange zurück. Es waren die Tage, an denen wir Schach gespielt hatten. Plötzlich erkannte ich die Augen des Mannes wieder, der am Baum festgebunden worden war und einen Pistolenschuß mitten ins Gesicht bekommen hatte: die erste Hinrichtung, der ich hatte beiwohnen müssen.

Erst jetzt verstand ich, was er damit meinte, als er sagte, es gäbe einen Einsatz, über den wir beide verfügen könnten, erst jetzt verstand ich, worauf er anspielte, denn von diesem Moment an hatten wir um das Leben gespielt, Leben, das im Lager Bergen-Belsen weniger wert war als ein Pfennig, weniger als eine Handvoll getrockneter Bohnen.

In diesem Augenblick begann unser Match, das nach dem Londoner Reglement von 1922 gespielt wurde, demselben wie beim Spiel um den Weltmeistertitel Aljechin–Capablanca: Der Sieger sollte sein, wer von uns beiden als erster, die Remis ausgeschlossen, sechs Siege errungen hätte.

Die Auswahl der Opfer (der Spieleinsatz) sollte anhand einer Liste von einigermaßen gesunden Häftlingen vorgenommen werden, für die der Tod keine Belohnung wäre. Dieser Liste wollten wir uns bei Partien, die mit einem Remis endeten, nicht bedienen; jeder seiner Siege hingegen würde den Tod einer mit jedem Mal größer werdenden Anzahl von Häftlingen bedeuten, wie es, in geometrischer Reihe, schon bei den ersten Partien geschehen war. Bei jeder seiner Niederlagen hingegen sollte mir zugestanden werden, aus dieser Liste die gleiche Anzahl von Namen zu streichen, die vom Spiel ausgeschlossen waren und (doch für wie lange?) gerettet sein sollten.

Es war ein Kampf ohne Pardon, der sich über den ganzen Winter hinzog. Obwohl er auf einem anderen Planeten ausgetragen wurde, war es in jeder Hinsicht ein Kampf um den Weltmeistertitel: das Ziel, das wir uns in anderen Zeiten beide einmal gesetzt hatten.

Während dieses Matches setzte ich erfolgreich meine Variante ein. Obwohl mein Gegner zwischen einer Partie und der nächsten Zeit hatte, an dem Tischchen mögliche Strategien auszuprobieren, um meinem Gegenangriff Einhalt zu gebieten, blieb die Wirkungskraft des letzteren grenzenlos. Ich sah jetzt deutlich das letzte Ende der vor Jahrhunderten begonnenen und bis zu dem entscheidenden Augenblick unserer Geschichte reichenden Kette vor mir. In dieser schwierigen Lage fand ich meine ganze Kraft in ebendieser *Verantwortung.* Wenn ich jemals mit jeder Zelle meines Körpers, mit ganzer Seele und ganzem Herzen gespielt und das Gewicht der Erinnerungen vergangener Generationen gespürt habe, dann in dem Winter 1944 während des extrem langen Matches. Eines ist allerdings sicher: meine ganze Einbildungskraft wurde in dieser Zeit verbraucht. Wenn mein Geist jemals in der Lage war, etwas Eigenes auszudenken, schöpferisch zu sein, dann damals. Wenn diese Herausforderung zweifellos einen Platz in der Liste menschlicher Verirrungen verdient, so aber sicher nicht in der Geschichte des Schachs. Würde ein Schachbegeisterter heute diese Züge nachvollziehen, käme er kaum auf die Idee, daß mit diesen Zügen Menschen nicht um Geld oder Ruhm, sondern um das Leben anderer Menschen gespielt haben.

Die Herausforderung endete, die große Zahl der Remis nicht einbezogen, mit meinem Sieg. Allerdings erlitt ich auch zwei Niederlagen, für die ich den Tod von vierundzwanzig Menschen miterleben mußte. Diesen Menschen ist sicher nie der Verdacht gekommen, daß über ihr Schicksal auf dem Schachbrett entschieden worden ist. Von allen bewahre ich noch die Fotos auf, jene, die Hans bei mir betrachtete; denn diese Männer und Frauen, die mir im Augenblick ihres Todes völlig unbekannt waren, sind mit mir enger verbunden als durch Blutsbande. Solange ich lebe, wohnen sie in meiner Erinnerung und in meinem Gewissen. Als ich in das Leben zurückkehrte, suchte ich, soweit es mir möglich war, die Viertel, die Straßen, die Häuser auf, in denen sie gelebt hatten; und einmal im Jahr wollte ich diese Orte wiedersehen wie ein Pilger.

Ljuba Leibowitz saß als Kind auf den Stufen jener Schneiderei in Wien; und Peter Lewitzky half seinem Vater hinter dem Ladentisch in der Drogerie und ließ dabei zweifellos seinen Blick über den sonnigen Platz jenes Vororts von Warschau schweifen; und dem, was vermutlich die sterbliche Hülle von Fiona Löwenthal war, errichtete man einen Gedenkstein im Beth-Hachajim von Prag …

Die Frage, die ich mir häufig stelle, ist: Habe ich auch Leben gerettet? Aber vielleicht ist eine solche Bilanz überflüssig, wenn man über einen Ort spricht, wo die Lebenden aussahen wie die Erscheinungen von Toten.

Ich erinnere mich nur an zwei Menschen, deren Tod verhindert zu haben ich sicher sein kann, weil ich sie viele Jahre nach der Befreiung in Wien wiedersah. Der eine war Boris, Boris Snabl, ein Tschechoslowake, der damals schon schwerhörig war. Er war für kurze Zeit Kapo, eine furchteinflößende Erscheinung; da er jedoch nicht in der Lage war, jemandem Böses zu tun, wurde er seines Postens enthoben. Der andere, ein gebürtiger Wiener, arbeitete in der Schneiderei unseres Lagers. Er fühlte sich wohl dort, denn vor seiner Internierung in Bergen-Belsen war er Lumpensammler; und jenen Spitznamen Strumpfel Lump, der ihn sein Leben lang verfolgte, hatte ihm die SS gegeben. Er war es, der uns unter Gefährdung seines eigenen Lebens die Uniformen für die Flucht besorgt hatte. Er konnte Schach spielen, und nachdem er mich wer weiß wie wiedererkannt hatte, schenkte er mir eines Tages ein Säckchen, ein Schachbrett von der Größe eines Taschentuchs, zusammengenäht aus hellen und dunklen Flicken, das zweiunddreißig Knöpfe verschiedener Größe enthielt, die sehr sorgfältig ausgesucht waren und auf einer Seite, nordürftig, wahrscheinlich mit einem Nagel eingeritzt, die Schachfiguren zeigten.

Aus diesem Treffen lernte ich zweierlei. Erstens, daß es in unserem Denken eine Art Grenze gibt, die wir im Leben (ich meine, im täglichen Leben) nicht erreichen, weil uns der Anreiz dazu fehlt. Doch wenn wir sie überschritten haben, wird alles möglich. Als ich diese Schwelle überschritten hatte, wurde ich unbesiegbar. Nichts konnte mir geschehen. Mein Geist war geborgen im Schoß des Großen Ratgebers, und ich schwebte über das Schachbrett wie ein Sperber, der über ein Feld gleitet und dessen Blick nicht das Zittern eines Blattes entgeht. Mein Gegner mußte immer wieder mit den verzwicktesten Kombinationen fertig werden, die er je zu sehen bekommen hatte. Zwar war er geschickt und kaltblütig, ein guter Spieler, aber angesichts meiner Entschlossenheit in jenen Tagen tappte er herum wie ein Blinder in einem Sumpf. Er bewegte nur leblose Holzfiguren, während ich eine Schar furchteinflößender Golems vorstoßen ließ. In diesen Augenblicken fühlte ich mich omnipotent wie Steinitz, als er behauptete, gegen Gott spielen und ihm die Vorgabe eines Bauern zugestehen zu können.

Das andere (was ich jedoch erst im Laufe der Jahre verstanden habe) war, daß ich zwar auf dem Schachbrett gewonnen hatte, doch in der Realität der Besiegte war, weil ich vom ersten Augenblick an Komplize bei einem widerwärtigen Vorhaben war. Allein die Tatsache, daß ich am Leben geblieben, ungestraft Zeuge ihrer Mordtaten war, verband mich mit ihnen; und auch wenn ich mir einbildete, ich hätte mich mit aller Kraft zum Verteidiger meiner Mithäftlinge aufgeworfen, hätte es in den Augen Gottes und vor meinem Gewissen nie eine Rechtfertigung geben können dafür, daß ich im Schach um ihr Leben gespielt hatte.

In diesem Frühjahr erreichte das Massaker im Lager Bergen-Belsen nie gekannte Ausmaße. Die Alliierten waren nur noch wenige Kilometer entfernt, aber nichts deutete darauf hin, daß die Ausrottung aufhören würde. Der erste Befehl, keinen Gefangenen lebend zurückzulassen, war niemals widerrufen worden, er mußte so schnell wie möglich ausgeführt und jede Spur verwischt werden, bevor der Feind eindrang. Im Lager herrschte jetzt Chaos: Befehle wurden durch Gegenbefehle, diese durch weitere Gegenbefehle aufgehoben. Unter den Folterknechten breitete sich Panik aus, die Fälle von Fahnenflucht konnte man gar nicht mehr zählen. Ganze Kolonnen Deportierter verließen das Lager mit unbekanntem Ziel, dafür kamen andere in immer größerer Zahl herein, so daß es jetzt völlig an Essen, das vorher schon knapp gewesen war, fehlte. Es starben so viele den Hungertod, daß die Öfen nicht mehr ausreichten. Deshalb wurden lange Gräben ausgehoben, aber auch diese reichten nicht aus, die Leichen blieben auf der Erde liegen, wurden überall auf Haufen geworfen; als die Alliierten das Lager betraten, fanden sie Tausende von nicht begrabenen Leichen. Aber die wahren Ausmaße des Massakers konnte man erst erahnen, als die persönlichen Kleinigkeiten gefunden wurden, die den Häftlingen bei ihrer Ankunft abgenommen und mit tadelloser Sorgfalt aufbewahrt worden waren: Berge von Brillen, Mützen, Broschen, Armbändern, Knöpfen … und nur sie sind erhalten geblieben, weil sie wertlos waren. Noch heute frage ich mich manches Mal, ob sich eine bezaubernde Frau heute vorstellen kann, daß ihre Perücke Haare einer Ermordeten oder ihre kostbare Halskette das Gold der einem Kadaver ausgebrochenen Zähne enthalten könnte.

Als man mich endlich von meiner dreckigen Uniform befreit und mir saubere Zivilkleidung ohne entehrendes Kennzeichen angezogen hatte, fuhr ich auf einem Lastwagen des Roten Kreuzes aus Bergen-Belsen davon. Erst da begriff ich, daß in einer mir versperrten Dimension eine Schachpartie gespielt worden war, deren Einsätze und Verluste unermeßlich waren. Verblüfft bemerkte ich, daß die Natur ringsum unbeschädigt und teilnahmslos geblieben und daß der Mai genauso war wie in meiner Kindheit. Zum ersten Mal verdunkelte der Rauch der Krematoriumsöfen nicht mehr die Sonne, und eine Brise ordnete die spärlichen Erikabüschel zwischen den niedrigen Sanddünen der Lüneburger Heide.